世華文學

純粹—書寫

櫻花的夏天

楊寒 著

序

貓印子（知名作家，台灣文學創作者協會常務理事）

死亡，是一種無法超越的悲劇。

因為大學同窗兼補習班同事陳大偉的死亡，小說主角李崇瀚避走阿里山民宿，斷絕一切生活聯繫，幾乎人間蒸發。然而，就在百無聊賴的幾日生活過後，某個深夜裡與陌生吉他女孩的巧遇，卻促使他一點一滴回溯起自己短暫卻不失浪漫的大學生活。

在那樣的日子裡，孤單，似乎是李崇瀚的生命基底，不善也不喜交際的他，在心裡築起了一層厚厚的硬殼，在外人眼中顯得孤傲冷僻。雖然如此，秀異的外表與內蘊深厚的氣質，依然為他帶來一段一段刻骨銘心的愛情，而這些愛情就像錘鍊之火，形塑了如今獨自走在深夜阿里山街區，也能怡然自得品嚐孤單況味的李崇瀚。

這是一個與幸福有關卻又與幸福無關的故事，生命中的無奈多得難以計數。美女環抱事業成功卻死於非命的陳大偉、誤闖阿里山神櫻村的恩愛夫妻阿直與阿春、熱愛戲劇卻還年輕得無法理解人生的小仙、充滿成熟風韻卻不時流露出莫名哀傷的芊妤、自視甚高追求純粹愛情而不可得的小萱，還有在內心硬殼裡同時熬煮著自由與孤單的李崇瀚……他們都努力的追求著自己認為的幸福，而那幸福卻依然神祕得讓人們找不到入口。

小說中神櫻村的描寫，壯美又細膩。尤其那百尺樹腰、千尺樹身，樹冠廣蔭一整個村落，還能終年盛開不墜的巨大櫻花樹，在閱讀時為我帶來了極大的視覺想像。文字在眼前，我腦海裡想起了動畫「神隱少女」、「秒速五公分」，還想起了小說《哪啊哪啊神去村》，內心深處與這些作品畫面連結，頓時湧出一股柔軟的幸福感。我想，這世界上所有的世外桃源大約都是這樣的。

另外，需要十年以上真心相愛的戀人才能發現遮蔽村莊的巨石，還得攜手同心合作攀越巨石才能進入，更使這則傳奇帶著滿溢的浪漫情懷。

然而，因為有那難以離開村莊的怪異設定，幸福反成了一種桎梏，閱讀時我就在想，若我與伴侶真的發現了神櫻村入口，是否進入，我可能要考慮考慮。

楊寒書寫的筆法節奏舒緩、敘述視角總拿捏在一定的距離外，營造一種朦朧的疏離感，雖是第一人稱，也能感受到主角李崇瀚的異鄉人特質。

而死亡與告別的意象貫穿了整部小說，讀來令人為書中角色神傷不已，但也許就像小說結尾所形容的畫面：「那讓我想到滿天繽紛櫻花飛舞起來的景象，彷彿正向什麼告別似的——」生命中所有的美麗，都是在告別，能得到片刻的幸福，活著已經足夠精彩了。

因為永恆並不存在，除了死亡。

1.

來到山上的第二天早晨。

山裡起霧了，景色彷彿畫家特意在畫布上用了過量的白色顏料，很多情節都沉浸在白色的迷惘之中。我除了一次出門去便利商店買了微波便當、馬鈴薯片零食、咖啡和啤酒以外，哪裡都沒有去。就躲在民宿二樓盡頭的一個房間裡面喀喀喀地吃炸馬鈴薯片。也打開電視，沒有任何表情地看著誇張、愚蠢的綜藝節目或影片，不管哪一個頻道的節目都是這個樣子。

不管哪一個頻道的節目都是這個樣子。

誇張地顯現出笑、愚蠢或吃驚的動作，然後就期待觀眾也哈哈大笑。

「為什麼你臉上總是掛著笑容？」在我十八歲的時候，我這樣問我大學同學陳大偉。

「因為人活著的本質就是苦悶，我們的世界其實就是一個悲慘世界。是的噢！悲慘世界噢，所以無論如何，都得用力笑，用笑來驅趕那些不快樂。」陳大偉他說。

我記得陳大偉他怎麼說的。

可是現在的我還是沒什麼表情。陳大偉死了，還有其他人也死了。而我已經四十二歲了，雖然曾和女孩子們談過幾次戀愛，很幸福的戀愛，但那些只是「曾經」。

說起來到現在沒有什麼令我真正開心的事呢——吃完了馬鈴薯片後，我開始吃微波便當，打開紙製的便當盒，用筷子把失去溫度的柔軟白色米飯送進嘴巴，仔細地嚼了嚼然後吞嚥。

電視螢幕上的時間告訴我現在是下午三點整。

也就是距離陳大偉被黑道槍殺已經整整一百二十個小時。

陳大偉的時間就停在那裡，然後我的時間就繼續滴答滴答地走，我生命中也有很多離開的人——他們的時間可能繼續走或者像陳大偉那樣停下來。但不論如何，時間告訴我，我和那些人已經沒有關係了。

時間實在是非常奇妙的東西，首先人類的肉體會因為時間而改變，從小孩啪一聲地變成大人，然後又變成老人或死人。人一定會在時間裡產生變化的。就好像把人放進古代的石磨那樣，時間發出低沉的摩擦聲音，然後人類把靈魂放進那裡面，沒有人聽到靈魂在說「別磨我呀！別磨我呀！」之類的吶喊，就這樣把自己磨成一種比較適應當下或者更為悲哀的東西。這就是時間給人的耗損性。有的人就像我同學陳大偉那樣，很快地被時間耗損掉了。

陳大偉和我都是升大學補習班的國文老師。我們是大學同學，在花蓮讀大學。大一的時候就是樓友，因為同樣都讀中文系，很快地就變成了朋友。大學畢業以後他進了高雄的某家補習班當職員，有一次從台北搭高鐵下來的名師趕不及上課時間（可能是高鐵電腦線路故障什麼之類的），陳大偉被臨時授命拿著講義代課，因為補習班的講義上都已經規定了哪邊要講課慢一點，哪邊要安插什麼笑話，連動作表情都像電視節目編劇那樣細膩地安排好了。而陳大偉天生就是非常有舞台魅力的傢伙，把上課當成上電視節目那樣地表演，聽說整節課學生們就像剛出生的小熊眼睛圓亮地看著這個第一次上台的老師講課。

課後陳大偉就被指派帶其他班級的升大學國文課了。一年的時間，陳大偉的鐘點費不斷提升，很多補習班給他一節課鐘點費一萬元甚至更高，他開課的班級也變多了，有點忙不過來，那時我正失業中，他找我去幫忙。

「我不是站在講台上的那塊料，我不喜歡和別人說話。」我說。

「阿瀚，在講台上你不是和別人說話，你只是表演，戴上面具表演。就好像看電視購物頻道那樣，來，來，來……這款超高級咖啡機有慢磨咖啡豆的功能，而且全程密閉式磨咖啡，保證咖啡香氣都保留在你喝的咖啡裡……就是這個樣子。」陳大偉拍拍我的肩膀用誇張高亢的語調示範。

「上課和電視購物的拍賣一樣嗎？」

「工作也好，戀愛也好，都只是把自己拍賣出去啊！」他皺起了眉頭苦笑，大學時代他是皮膚黝黑、笑容陽光的運動健將。這時候他的苦笑讓我覺得相當不適合他。但他說的話卻又那麼合情合理。

「把自己拍賣出去啊……」

「對，沒錯，把自己拍賣出去。」他加重了語氣。

「不過可能到最後什麼都沒剩下來喲。」我說。

「你得固執一點，像是蠟燭燃燒過後，也會留下一點灰燼似地把自己保留下來。還有我告訴你，千萬別成為那種真正大牌的補習名師。」

「為什麼？」

「到那時候，就可能有黑道找上門來押著你去他們補習班上課，台灣補習界有幾百億的商機，貝瑞塔手槍、克拉克手槍的槍管多少會對那些錢感興趣。」

我謹遵循著老同學的話，得過且過地在補習班混日子。

但十幾年後，陳大偉還是變成了補習班名師，然後因為拒絕到另一個黑道金主經營的補習班講課，被不知道是貝瑞塔手槍、還是克拉克手槍頂著太陽穴。接著，碰一聲就死掉了呀——

我辭了補習班老師的工作。因為悲傷、痛苦或巨大的恐懼陰影而躲在夏天阿里山的某一間便宜民宿裡面，坐在乾淨白色床單的床緣吃微波便當，一邊看電視，覺得嘴巴乾澀的時候，就喝了一小口咖啡。想起了他那年拉我進補教業的時候說的：

「工作也好，戀愛也好，都只是把自己拍賣出去啊！」

為什麼那麼急著把自己拍賣出去呢？我一直很明白時間是具有腐蝕性的，最後會把「自我性」這種東西腐蝕消磨得一丁點也不剩，為了保持「自我的完整性」，我習慣把自己用像核桃那樣厚重的殼包裹起來，家人、戀人或學生也好，都是在那層殼之外，離我非常遙遠的地方。

陳大偉還活著的時候，總是會在我面前揮舞拳頭。哎呀，難道你不能對學生再熱情一點，多一點點激情、和學生互動嘛。他說。

「我會盡力的。」我回答。

然而我卻本能地、不會輕易地讓誰走到我的內心裡來，我覺得那樣子比較安全。到底為什麼會這樣呢？我已經不知道了。但佛洛伊德曾經提出「本能論」

（instinctive theory）這種東西，認為本能不只是先天的，還是早期經驗的沉澱物，也就是說童年經驗可能造成了我現在這種性格。

安靜，冷漠，沒有任何時候會像電視節目裡那些人一樣誇張的表情。這是我「內心的殼」——比什麼都還厚的殼。但到底是不是我的童年經驗造成我現在這樣奇怪扭曲的性格呢？

是不是因為受日式教育嚴格自律的祖父影響，或者在我很小的時候父母親常吵架的關係，讓我的人格有點封閉起來。雖然把自己的人格完全歸咎於童年經驗或家庭造成的，未免太不負責任了。反正我還是這樣長大了。

而且我已經四十二歲，只剩下一個親人在中國安徽合肥一個叫「大桃花工業區」工作的兄長。

兄長十年前就結婚了，但對於嫂嫂或他們的小孩，我完全沒有印象。

五年前還見過的，可是真的一點印象都沒有。

說起來印象這種東西也很奇怪，我們在所處的當下例如：我現在在阿里山某家民宿的房間裡，吃沒有微波加熱的微波便當。廉價合成木板裝潢的房間發出木頭和黏膠的化學氣味、電視機的螢光和聲音、冰冷但柔軟的米飯口感、因米飯水氣而濕潤的炸肉排（不是很好的味道）、一點都無法激起胃口的發黃青菜、乾淨的白色床單和棉被、赤著腳踩在木質地板上發出來的聲音，這一切為我感受的經驗都非常鮮明，就像透過眼睛、皮膚和耳膜刻在記憶深處似的，但隨著時間經過以後，我們都能夠可悲地預言：一天以後，兩天以後，一年以後，我們什麼也記不住了。

所以往後我可能只記住，啊我同學陳大偉過世的五天後，我一個人到阿里山去。

除此之外，什麼都沒了。

當然也可能多記得一些，我吃了沒有微波的微波便當或者是把筷子丟進垃圾桶時，垃圾桶的畫面。

不一定記憶下來的東西都是有意義或有益的。但認真快樂過或悲傷過的事物一定會被記得……

我只知道我會遺忘，別人也會。因此不要特別記得什麼比較好一點。當然不論刻意要遺忘什麼，總會有一些事情深刻地就像臂力特別強的石刻匠用鑽子在心底雕刻著什麼那樣地記得，譬如說、譬如說……

唔，我沒有打算繼續深究我到底記得什麼東西，感覺能夠深刻記得的，都是在有些悲傷或苦澀的味道。因為那些可以被我記得的人或事情，都是啪地一聲打開了我心裡的那層硬殼，留下了或多或少的傷痕然後離開的傢伙。

當然，我知道我也曾傷害過誰或為誰難過。如果真的要計較，就像地球自轉那樣團團轉得沒完沒了，但真的要聳聳肩說好吧就這樣算了，卻又不可能。

我吃完了便當，把空的便當盒丟進垃圾桶，電視矮櫃底下有一個用粉紅色塑膠垃圾袋套著的垃圾桶，空便當盒丟進去發出了喀吭一聲和塑膠摩擦的聲音。然後我繼續用遙控器轉換頻道，購物頻道和政論頻道很快地跳過去，播放老舊電影的頻道也跳過去……

然後遙控器突然變得不太靈敏。

好像沒電了。我想。

我低頭打開遙控器電池盒的蓋子，轉動了一下電池又裝回去，按了轉換頻道的按鈕。

「真的沒電了。」我確定。

拎著沒電的遙控器打開房間到樓下隔壁山產店找經營這家民宿的老闆。將電視遙控器遞給這個理著平頭，圓潤光滑的臉頰，整天帶著笑意——看起來比我小了五、六歲的男人。

「遙控器沒電了。」我說。

男人接過遙控器站了起來，賣山粉圓、天然山葵、原住民木雕、阿里山蜜餞的店面裡也有一架和我房間同款的電視，電視正播放NHK的頻道，男人拿著遙控器朝電視按了幾個按鈕，電視螢幕或聲音沒有任何改變。

「真的沒電了，我換電池給你。」男人走到一張事務性的鐵桌旁邊，拉開抽屜，鐵製的抽屜發出了滾輪滑動的聲音，他掏出了兩顆新的電池，然後幫我換了上去。

這個民宿老闆並沒有直接把換好新電池的電視遙控器交給我。

「李先生，對吧？」他微笑，雖然有點商業氣味的笑容，但仍然帶著我刻板印象中山裡人那種開朗的感覺。

我點點頭。我的名字叫李崇瀚，當然在補習班教書時是用藝名而不是這個名字。

「你到我們山上來，都把自己關在房間裡，我們有點擔心哩！」

「擔心？」

「沒看過這種客人的呀！你應該出去走走。你有阿里山的觀光地圖嗎？」

「我有。」我點點頭。

「難得來到山上，你得多逛幾個景點才划得來對嘛！」老闆說：「我也希望客人能夠開開心心的下山，你把自己關在房間怎麼會開心得起來。」

老闆從那張鐵桌上又拿了一份新的觀光地圖，連同換好電池的電視遙控器塞給我。

「你說的對，我會出去走走的。」我說。

雖然我這麼說，但實在沒有心情到處走。我來到山上只是為了逃避什麼的呀！錢還夠生活半年、一年，即使在這裡悠哉地渡過幾個月也沒有人會管我。而且十幾年來在補習班的歷練雖然沒有非常大的成就，但那些年的資歷差不多也能夠讓我很容易找到類似的工作，到時再下山就是了。

我現在只想逃避過去，逃避老同學陳大偉的死。

雖然我知道，人總有一天都要死的，可是為什麼呢？為什麼要死。

時間塑造了人的整體性，也毀了人的完整。

「死」是一種無法超越的悲劇。

最荒謬的是，每個人所能擁有的時間正不斷地消失。但我還繼續坐在電視機前面看誇張、超現實、甚至永遠跟我無關的電視節目。

例如：現實世界裡美國沼澤區的寬大輪胎沼澤車、改裝可以三十連發的火箭炮、北海道米糠醃魚、熱帶雨林的有毒蜥蜴。很實際的東西，是現實上有的東西，可是我不知道我和那些東西的關聯性。雖然是如此，我還是面無表情地用換上新電池的遙控器轉換頻道，好像在高速公路上不斷變換車道超車，不斷調整自己的人生那樣，什麼都不是，就只是這樣盤坐在乾淨的彈簧床墊上一面喝啤酒一面看電視。

四個小時以後，我終於覺得開始無聊了，而且一直維持相同的坐姿，感覺身體全身都僵硬地像不是自己的，決定出去走走順便吃晚餐。

我帶了一個八十公升的登山背包上山，行李包含好幾套換洗衣物，書、稿紙、筆記本、筆記型電腦和手機什麼的。

手機自然是關機的。我知道沒有人找我（我不是像老同學陳大偉那麼有名的補習班講師，沒有黑道會找上我），但我也不希望真的有人找我。

筆記型電腦放在桌上，這時候把換洗衣物通通從背包裡倒在床上。心想好久沒看書了，民宿裡柔和的燈光自然不適合看書，可以把書放在背包裡帶到附近的餐廳裡看書。

我帶了卡夫卡的《城堡》和托馬斯•曼的《魔山》。

就像打開冰箱從冷藏櫃裡飄出來的冷空氣那樣，山裡的空氣沁涼得讓人覺得舒服。我穿著厚重的外套，十幾年前的羽毛衣，原本鮮豔的蘋果綠已經褪色變成接近橄欖的顏色。褲子則是刷白雪花的黑色牛仔褲，背上學生時代買的登山背包和大學剛畢業那年送給自己的馬丁大夫（Dr. Martens）褐色軍靴。都是很舊的東西，因為到補習班教課以後，幾乎沒有什麼時間穿西裝褲、襯衫和皮鞋以外的東西，因此這些東西都像從前一樣。

屬於堪用的狀態。

我背著沒裝多少東西的登山背包在商店區裡逛了一下，從這條巷子走到另外一條巷子。

很久沒有讓自己處於「陌生的空間」當中。

我過去幾年的生活，就是從補習班、高鐵、計程車，另一個補習班、計程車、高鐵、住處……生活差不多就以這幾個名詞為中心反覆堆疊排列。而且就像人類的基因似的，如果哪一邊出錯了可能就會產生非常嚴重的後果。

所以我總是很小心謹慎地生活在熟悉的環境、熟悉的街道；餐廳，就連用餐也都選擇熟悉可信任的地方，以免一旦生病拉肚子，延誤到好幾百名學生的上課進度。

但現在，我在陌生的商店區和巷子裡，尋找從未吃過的食物。

雖然是這麼說，但看起來每一家餐廳賣的食物都差不多嘛！

牛肉燴飯、什錦湯麵、蝦仁蛋炒飯……除此之外還有鐵板羊肉、鐵板鹿肉、鐵板牛肉、山豬肉火鍋……。不管哪一家餐廳所散發出來無趣平凡的商業氣息都差不多。

有點類似補習班裡的學生，即使那些孩子們都有不一樣的姓名和外表，對於補習班業者而言就只有「補習費」和「榜單」兩種值得注意的東西而已。每個孩子都一樣——只要準時交足夠的補習費和能考上好學校。

教育說起來變得這樣有點可悲。

但經營餐廳若每一家都賣什錦麵也會讓消費者感到混亂疑惑。

我默默走進其中一家「也有賣什錦麵」的餐廳。

這時候已經晚上八點多了，餐廳裡七張大圓桌，只有兩張有客人在用餐，其中一桌的客人看起來像大學生模樣，三個女四個男的，非常歡樂的模樣在享用不知道什麼口味的火鍋。

相較於大學生們非常歡樂的火鍋，靠近窗邊可以看清楚外面階梯景色的桌子則有一個獨自用餐的女孩。

一個漂亮但神情顯得有些落寞的女孩子。她染了褐色的長髮，穿著墨綠色外翻毛領的外套，面前的炒飯吃了一半，但似乎不太想繼續吃下去，於是將手撐著臉頰望向窗外發呆。她旁邊的空位上放了一隻吉他，吉他是放在黑色的套子裡，但從形狀來看不可能裝小提琴或者T75式60mm迫擊砲。於是，我想應該就是吉他了。

我經過那女孩子的旁邊，她稍微抬頭看了我一眼，然後視線很快地又瞥向窗外。我在她後面的桌子旁坐下來，看她拿起了湯匙又吃了幾口炒飯，放下，再度凝視窗外。

窗外有什麼好看的景色嗎？

我抬頭望向窗外，事實上因為室內室外溫度的差異，有一層水氣霧濛濛地凝結在窗玻璃上，只能隱約看到外面階梯的白色路燈照亮夜裡帶著濕氣的石階。

那路燈蒼白無力的光線讓外面的景色看起來更冷一點。

實際上，也真的蠻冷的。我能夠體會有些人不論怎麼樣都不想旅行出門去看美好的風景，因為只要在家裡看電視、上網就很愉快了啊。旅途的不方便或氣候都是讓人裹足不前的重要因素。

現在，我也跟那個女孩子一樣，看著窗外不怎麼樣的風景發楞。

「日本語？（日語發音）。」

一個看起來六十幾歲的老人家繫著有點骯髒的深藍色圍裙站在我的面前，手上拿了兩份菜單，一份日文、一份英文，他揚起手上的菜單各用日語和英語問我一遍。

要命，我又被當成日本人了嗎？我把手撐下巴，用手指撫摸著剛長出來的鬍渣，皺起了眉頭。在很年輕的時候，我曾經一個人背著登山背包從花蓮走到蘇花公路上的一個小村莊，不為什麼，只是想走路，什麼也不去思考地走路。那時候一路上至少二十個人跟我講日語要我「がんばって」（加油）。

沒想到二十幾年後，還被當成日本人啊。

「日本語（日語發音）。」我用日語指著那份日文菜單。

日文菜單上大多是漢字，也有圖片相對照，雖然我也想吃火鍋，可是餐廳裡並沒有賣一個人的小火鍋，適合一個人的餐點就只有「炒麵」、「炒飯」、「燴飯」和「什錦麵」。

「この……どうもありがとう。（這個……謝謝）。」

其實我沒有刻意想偽裝成日本人的樣子，但既然對方誤會了也不必特別去解釋，反正他知道我點了什麼，而我吃到了我想要吃的食物就是了。

等待食物上桌的時候，前面位置的那個樣貌清秀的女孩子又轉過頭來看了我一眼。

不知道她是不是一個人旅行。

一個人的旅行通常都帶有一個人的目的性。

如果嚴格地說起來，一個人的旅行最適合闡釋生命這種東西。因為「生命也是一個人的旅行」，一個人從某個女性的子宮裡滑出產道，長大，上學，戀愛，上班，結婚，到死亡這一連串的過程，可能會和不少人共處某一段時光，但那只是某一個通過點而已。

和某個人相處，只是人生中的一個通過點。
我們終究必須孤獨地面對死亡。

所以人實在不必像兔子般窩在一起用柔軟的兔毛相互取暖，雖然我承認那樣很舒服。但人本身是獨立的，對，是自由的。可以提起背包決定到哪個方向去旅行那樣。風吹過的時候，蒲公英飛起來那個樣子。可以非常輕鬆地——想要飛到哪裡去就飛到哪裡去，不必顧及到另外一株蒲公英。

雖然如此，人類還是受限於自己的軀體，像用鍊子繫在木樁上的小狗那樣，無論如何只能繞著木樁周圍打轉。例如：我現在得在這家因為過了用餐時間而冷清的餐廳吃熱騰騰但沒什麼特色的什錦麵。

煮得有點軟糊的麵條，大量切得細碎的高麗菜和空心菜，豬肉、豬肝、蝦仁和魚丸，麵湯可能用了大量的豬骨和蔬菜熬煮出來的，有點混濁，說不上特別好吃，但因為蔬菜應該是高山蔬菜的關係，那種在冷空氣和山裡乾淨露水中長大的葉菜，所以特別鮮甜。

吃完了那一碗什錦麵以後，看見那個把我誤以為日本人的年長店員已經開始擦拭桌子，把椅子排列好，甚至將拖把拿出來。

就快要打烊了嗎？我想。本來想也許可以在這裡看書的。總之，得另外找其他地方才行。我結了帳拎起背包走出餐廳。

把還在吃火鍋的大學生們喧嘩的笑聲和可能一個人旅行怎麼都無法吃完那盤炒飯的吉他女孩都拋在後頭，對著山上的冷空氣吐出了白色的霧氣，該去哪裡呢？我又能去哪裡？

沿著石板階梯往下走，繞到停車場廣場去，這裡有一家7-11。大概是晚上整個商店區最明亮的地方了，便利商店裡有一排靠窗的長桌，許多人走進店裡買了啤酒和咖啡、關東煮之類的東西。也有人詢問郵寄明信片和明天下山車班的問題。

我抬頭看了嘉義公車的站牌。最早下山的車是早上九點，可以事先到便利商店去買票，但我沒有下山的打算，我只想找個地方看書。

看著一對男女帶著兩個小孩從商店裡走出來，男的皮膚紅潤看起來壯碩，女的隨便綁著挑紅的長髮，眼角有些皺紋，但差不多就接近三十五但不到四十歲的年紀，女的牽著比較小的那個小孩。兩個孩子手上滿足地拿著7–11在阿里山上的限定商品。他們讓我覺得出門旅行，或許真的是件幸福的事。

然後我又想起了民宿老闆建議我要好好出來走走這件事，只不過如果真的想到山裡面去玩，深夜這個時候也不太適合吧。

我默默這樣想著，然後繞過了7–11從後面一家茶行門口的小階梯走上商店區外圍的一條彎斜向上的柏油路。這裡也有幾家商店，但稍微冷清一些，兩家賣礦泉水、泡麵的雜貨店，有一隻看起來因為骯髒已經變成灰色的白狗好奇地跟著我走了幾步，然後停了下來。

雜貨店斜對面是阿里山郵局，有點中國風味建築的郵局，好像什麼電視劇中會出現的古代宮殿或茶樓那個樣子，但現在是晚上九點的時候。茶樓，唔，郵局的大門深鎖，只有旁邊ATM提款機發出綠色和白色彷彿不祥的光芒。

背著大紅色的登山背包經過郵局繼續往前走。經過了那麼多年，除了那次我從花蓮背著這個登山背包走過蘇花公路、清水斷崖、南澳等想不起來的地方，就只登過兩次合歡山，一次玉山，一次南湖大山。雖然如此，長久沒洗的背包上還有些灰塵，十幾年前的乾涸的泥漬。登山背包上有一層防水塗料，因此沒必要的話就不必洗，結果現在我就背著這個不知道沾上玉山還是哪裡的泥漬的背包走在阿里山商店區外圍一條有點暗的柏油路上。

人生也是如此，不知不覺背上什麼東西又或失去了什麼東西，空蕩蕩地一個人走在某個地方。而且我們很難逆料下一刻「我」或「誰」會出現在哪裡。

然後我看見了路邊有一家萊爾富商店，這家便利商店前面有一塊小小的像貓額頭或者什麼之類的草皮，草皮上種植一些矮灌木、圓柏之類的庭園植物，一塊牌子插在草地上標榜這是「全台灣最高的萊爾富」。

雖然有個「最高」兩字，但顯然生意不如停車場旁邊的7-11那麼好。

草地旁三張鋁製的庭院桌椅在黑暗中反射著路燈銀亮的光芒。只有冷空氣填充了那幾張桌椅所產生的空缺。

走近便利商店，只有一個三十幾歲戴著黑色毛線帽的男人靠在落地窗後面最角落的桌邊在玩智慧手機裡的遊戲——應該是在玩下載的App遊戲，因為他沒有表情地用雙手不斷滑動鍵盤保持了好長的一段時間。

我走進那家店裡，一個短頭髮的女店員露出職業性的表情對我說了歡迎光臨。我從冷藏櫃裡拿了一罐麒麟啤酒結帳，在那個一直玩著手機的男人附近找了空位坐了下來。

拉開啤酒罐的拉環，喝了一小口。接著把放在地板上的背包又拿起來，從裡面拿出《魔山》、《城堡》和黑色萬寶龍的鋼筆出來。

兩本都是我大學時代經常翻讀的書，書上有些當年我劃過的句子或隨手寫了一些類似眉批感想。但我已經很久沒有讀它們了。

就像喝啤酒一樣，後來我對啤酒沒有任何執著的品牌，只是把一種液體灌入嘴巴那樣。先讀《魔山》或《城堡》都無所謂，反正那都不是一個晚上能看完的書，只不過是打發時間而已。我隨便拿起托馬斯・曼的《魔山》，從一個叫做卡度齊（Carducci）出現的地方開始讀。

讀了幾行，讓目光追隨文字，用鋼筆筆尖圈了幾個自己覺得有趣的地方，然後又喝了一口啤酒。

然後我的耳邊出現了這樣一句話：

「あなたは日本人ですか……（你是日本人嗎？）」

真要命，又被當成日本人了嗎？我現在看的是中文譯本的《魔山》噢。我抬頭想要讓對方看一下我手上繁體中文的小說。原來是剛剛在餐廳裡彷彿炒飯永遠吃不完的年輕女孩。她背著黑色吉他套的吉他，褐色的頭髮已經很整齊地用黑色髮圈綁起來，站在我旁邊用清澈的眼睛看著我。

我也看著她的眼睛，不知道為什麼她讓我有種熟悉親切的味道。而且她身上有一種好聞的味道，聞起來不太像洗髮精的香味，也不是香水的氣味。

「いいえ、私は台湾人です。（不，我是台灣人。）」雖然沒必要特別用日語回答，但這種簡單的日文對話我還能夠應付。

「啊，你是台灣人啊？」女孩歪著頭露出尷尬的微笑，然後她又說：「剛在餐廳看到你。」

「我也有看到妳和妳的吉他。」我點點頭。

「我聽到你用日文點菜啊！」她在我旁邊的空位坐了下來。不知道為什麼，她坐下來不久，那個玩手機的男人就把手機放在外套口袋裡，調整了毛線帽然後站起來離開。

我們兩個人先看了那個男人一眼，便利商店的門自動打開，發出了叮咚的響聲，然後男人的背影消融在夜色中。

我沒有目的性地嘆了一口氣回過頭看身邊的年輕女孩，她差不多比我補習班的學生大上兩三歲，或許是相同年紀，只是打扮稍微成熟一點，但如果是高中或高職這種年紀的女學生，應該不太有機會一個人出來旅行。

「我一個人出門時，不知道為什麼，很容易被當成日本人。」我回答這女孩子說道：「然後別人對我說日語，我就乾脆說日語啦……反正簡單的還能應付過來。」

「真是的。」她把手環抱在胸前，稍微仰著頭看白色天花板空調的排氣孔，很輕鬆地將露出牛仔短裙外面的健美白皙雙腿伸直，白色的帆布鞋抵住落地窗的玻璃。

「本來想練習日語的。」她說。

「不好意思。」

她歪著頭讓些微髮絲垂下來，用手肘撐著桌面那樣整個人轉頭過來看我然後說：「看起來你真的很像日本人呢。」

「我的祖先應該都沒有日本人的血統哩。」我說：「我以前很討厭別人說我像日本人。」

「不過你的臉有點修長，眉毛很有型……眼睛非常有神，帶著一種嚴肅雜糅溫和的感覺，嗯，應該是很堅定的眼神。那種即使整個宇宙都崩毀了，你都會想要用自己的方式生活下去的那種眼神。而且你很有禮貌，甚至禮貌得有點冷漠。」她歪著頭認真地下了最後的定論：「你像那種個性溫和而且很好看的日本人。」

「謝謝，為什麼說我很有禮貌？」我一面看書一面發問。

「因為啊……」女孩子把十隻手指頭交握著，目光瞥過窗外的夜色，然後才說：「一般男生都會看女孩子胸部啦、大腿，不過你只有看我大腿一眼。就是我剛剛把腿伸直的時候。男生以為女孩子不會發現的，其實女孩子對這方面的視線是很敏感的喲！」

「那怎麼說是『禮貌得有點冷漠』？」

「因為一般人家看到漂亮的女孩子都會多看幾眼，不過你把視線停留在書本的時間和看我的時間差不多。」

呃，我突然想起了很久以前也有人跟我說過類似的話，那是一個非常漂亮的女孩子。而眼前這個女孩子呢——也真的很好看，不知怎麼回事就讓我有種親切的熟悉感。轉頭仔細看了一下，除了秀氣的五官，光滑如瓷器的肌膚，她的身材也相當好，有一雙線條窈窕的雪白美腿。毛領的厚棉外套裡只穿著一件深藍色低胸的貼身衣服，隱約露出內衣的痕跡，能夠感覺胸部的形狀相當漂亮。

看了兩秒鐘左右，我的視線又回到書本上，因為我實在不知道怎麼回答這個女孩。看了幾個字，又喝了一口啤酒。

女孩子離開了，我以為她就這樣走掉了。

她在櫃臺結了帳，又走到我旁邊，坐下。遞了一罐新的啤酒過來。

「柳橙口味的啤酒，甜甜的。比麒麟啤酒好喝喲！」

「請我？」我問。

「嗯，一個人喝酒蠻無聊的哇！」她歪著頭看我：「你為什麼一個人在這邊喝酒看書？你三十歲了吧？結婚了？跟老婆吵架？」

「我超過四十歲了，還沒結婚。只是一個人想上山。」說完，我把手上的書翻了下一頁。

「咦？看不出來！」

「是嗎？」

「你在看什麼書？」女孩把頭貼著玻璃質的桌面，伸出擦粉紅色指甲油的手指掐著書籍的封面。

「《魔山》。」我說，然後把書合起來交給她看。我並沒有夾上書籤，因為事實上看哪一頁都沒有關係，像《魔山》這種書無論從哪一頁開始看都非常精彩。

「哇，來阿里山看這種書嗎？那不就有點恐怖？」她說。

「《魔山》不是寫什麼魔鬼或惡魔的山，是寫發生在阿爾卑斯山肺結核療養院的故事。」

「那這本呢？」她纖細的手指指著另一本我放在桌上的《城堡》。

「卡夫卡的《城堡》，非常有趣的一本小說。它描寫一個人被城堡裡的人聘為土地測量員，但實際上這塊領土不需要土地測量員，而這個人無論如何也沒辦法到城堡裡面去報到。」

「咦？他不是被城堡裡的人找去工作嗎？為什麼沒辦法到城堡去？」

「發生了很多事情，雖然荒謬，但也很真實。」我說：「就像即使親密如愛人，或者認識了幾十年的朋友，我們也沒辦法到達對方的心底深處。」

我想起了之前的幾個女友還有已經過世的陳大偉。

而眼前的年輕女孩子不知道也想起了什麼，反正她用力地點點頭，然後安靜下來。打開自己手中的啤酒罐，喝了一口。

「好冰。」她說。

我一口氣把剩下的麒麟啤酒喝完，然後拿起她請的柳橙口味啤酒，拉開拉環也喝了一口。

「謝謝。」我說。

這時候便利商店裡播放的音樂轉換成一首相當輕快的舞曲，聽起來像日本的流行音樂，女孩子把吉他袋卸下放在腳邊，輕輕靠著自己的大腿，然後跟著歌曲搖頭哼唱了起來。

「どこかで桜の花びらが……はらりと風に舞うように……誰にも羽ばたく時が来て……一人きりで歩き出すんだ……（不知從何處飛來的櫻花花瓣，輕飄飄的飛舞在空中，誰都會有展翅翱翔的時刻，獨自一人大步向前……）。」

唱到間奏的時候，她喝了一口啤酒，帆布鞋輕輕踩踏著拍子。

「很輕快的歌啊！妳的日語很好？」我問。

「AKB48的〈十年櫻〉，很好聽吧。」她沒有回答我，反而說：「我喜歡音樂，本來我媽要讓我唸音樂系的，但我不喜歡那麼嚴肅的音樂，不想被強迫著練琴，所以最後只有考了一所私立科大資管系，我媽氣死了！她是國立大學教授。」

她咧嘴嘻嘻笑著，似乎一點都不在意媽媽生氣的樣子。

「打算重考嗎？」我這樣開口就後悔了，我現在可不是補習班老師啊。

她當然不知道我心底想什麼，輕輕搖頭：「已經大二囉，先把大學唸完再決定做什麼吧。」

接下來便利商店的背景音樂還是AKB48的歌曲。

女孩子眼睛一亮，認真地對我說：

「這是AKB的單曲中我最喜歡的第二名，〈Beginner〉。」她說完就跟著輕輕唱起來：「……昨日までの経験とか……知識なんか荷物なだけ……風はいつも通り過ぎて……後に何も残さないよ……（到昨天為止，經驗和知識只是累贅。風總是在掠過之後，不留下任何痕跡）……。」

這是一首節奏非常強的歌，但是她輕柔哼著卻沒有任何不協調的感覺，就像空氣裡的小精靈在月光下踏出音符那個樣子，非常悅耳。

「很有深意的歌詞呀！」我說。雖然「經驗和知識只是累贅」這樣的說法未免太極端了一點，但沒有辦法說這句話一定是錯的。

「對吧對吧，我難過的時候聽這首歌會給我力量喲。」她高興地說。

呃，遇到AKB迷了。不過不管怎麼樣，喜歡音樂總是好事，就像喜歡卡夫卡或托馬斯•曼也是好事。

聽完了〈Beginner〉，便利商店播放比較輕柔的國語歌。我身邊這個年輕女孩顯得有些沒勁，她說：

「要不要出去？我彈吉他給你聽？你也會彈吉他嗎？」

我點點頭說好，然後搖頭說我不會吉他，不過會一點點柔道。

她哇地一聲後迅速環顧四周，彷彿擔心剛剛聲音會吵到別人似地對我輕吐舌頭，然後對我說「你果然很日本人」。

「妳也是啊，竟然那麼會唱AKB48的歌。」我回答。

和年輕的女孩子走在深夜的柏油路上，上弦月稀薄的銀光和路燈將路面渲染地像雪地一樣。

夜裡很靜，也沒什麼其他行人，只有兩、三隻狗穿過這條巷子到另外一條巷子，然後其中一隻朝我們這邊望了一眼，又轉頭追上了其他的狗。

女孩子這時候告訴我她的名字，叫蘇念涵，但她喜歡人家叫她小涵。她今天一個人搭最早班的公車上山，至於為什麼一個人來山上的原因是為了看櫻花。但我說夏天應該沒有櫻花，她說她知道，可是她的外曾祖母曾經在夏天的阿里山上看過櫻花。

然後她在木頭建築的阿里山車站前面停下腳步，接著把吉他從黑色袋子裡拿出來，是四十一吋楓木吉他。她坐在木階上，把吉他放在腿邊調整了音弦。

「我也有電吉他和小提琴喲！只是電吉他和小提琴都比較貴，不想隨便帶出門。」她說。

我點點頭，大學畢業以後交過一個音樂系的女朋友，知道大部分的樂器都很貴。

「要點歌嗎？還是AKB的？」

我還沒來得及說出口，她就輕輕搖晃身體，輕輕彈起吉他，旋律幽謐、和緩，彷彿我們身邊夜風凝結而成的三連音不斷反覆出現，稍微拔高，旋而低沉，像夜晚的景色安祥靜謐……其中又有一種濃得化不開的情緒。

「莫札特的〈月光〉嗎？」我隔了一小段距離坐在她旁邊，抬頭看天空正中央的上弦月。

「聽出來了嗎？接下來下一首……」

「拜託，別考我了。」

「這首你一定會喲。」

她閉上眼睛，只看見她的眼睫毛那樣晃動，音符從她指尖流動出來，那是一曲悠閒、輕快、帶有活潑的曲子，而且真的我很熟悉這曲調。

「〈小星星變奏曲〉……」

小涵張開眼睛微笑點頭。

她又彈了幾首AKB48的歌曲，〈風正在吹〉、〈RIVER〉、〈變成櫻花樹〉、〈櫻花的花瓣們〉……

「我都快變成AKB48的專家了。」我說：「不過這個歌唱團體好多櫻花的歌哩。」

「你還早呢！……不過的確很多櫻花的歌喲！」她突然停頓了語氣，歪著頭問我：「明天你看不看日出？我們一起去看好不好？」

「日出啊……」我看著小涵的表情，然後慎重地點點頭。

「那得趕快回去睡覺囉！再一首歌，你想聽什麼嗎？」

「剛那首〈風正在吹〉好了。」

「再聽一遍？」

「嗯。」我點點頭。

聽完了最後一遍AKB48的〈風正在吹〉，她把吉他收進黑色的吉他袋子裡，指著阿里山火車站前方的石階說：

「我住的民宿在下面，你的呢？」

「也是。」

「那我們可以一起下去。」

我點頭嗯了一聲，然後把兩個人的啤酒空罐丟在火車站前面的垃圾桶。

然後她先走下階梯，在階梯上轉頭等我。

真的很奇妙，本來兩個小時前還不認識的人就這樣彈了十幾首的AKB歌曲和〈月光〉、〈小星星變奏曲〉、〈卡農〉還有一些我不知道、她也沒說的曲子給我聽。感覺起來她真的很喜歡音樂啊，沒有讀音樂系真的很可惜。

但是說起來我也喜歡文學啊喜歡寫作，寫詩或小說什麼的，可是一直寫不好而且後來也覺得讀中文系並不是非常愉快的事。每個人都有每個人的選擇，或人生根本沒有正確的選擇，不像升大學補習班所說的，人生只有一條路，高分考上最理想的大學科系。

只有一條道路可以走的理想人生並不存在，喜歡音樂沒有讀音樂系也不一定是可惜的事。我想。

「誒，我要在這邊轉進去喲！對了，我們交換手機號碼吧。我聽民宿老闆說，得在三點半起床，四點二十的火車從阿里山車站發車前往祝山看日出喲！」

「好，我知道了。」這幾天都日夜顛倒的，即使等等再溜達去便利商店喝酒也能夠神采奕奕地在四點二十分前走到火車站吧。

我們交換了電話號碼以後，她指著剛剛就比過的巷子，「我要回去了喔，掰掰。」她說。

「好。」我說。

她走了幾步路，然後就在第五間房子前停下來，然後我快步跟了上去。

「咦？你來幹嘛？該不會想跟我一起……」她指著她自己和我，然後露出了有點為難的表情：「我們還不熟耶。」

「不是的，我突然發現，我也是住這家民宿，我住二樓。」我掏出附有民宿名字和房號的鑰匙圈。

「咦？啊，我住三樓。」

於是，兩個人在安靜的巷子裡同時露出了具有尷尬意味的笑容。

2.

打開民宿二樓暫時屬於我的房間。

房間和我離開的時候一樣，螢幕呈現灰黑的電視機，柔和色調的木質地板，相同縐褶角度的凌亂被單和為了看電視枕在腰部而歪斜放著的枕頭，擺在床頭櫃上的兩個空啤酒罐和一只咖啡紙杯。

感覺沒有人的房間非常寂寞，但也因為沒有其他人的關係，讓房間保持著我出門時原來的樣子。

聽了一整晚年輕女孩子彈唱AKB48的歌，那輕快活潑的旋律一直停留在我腦海裡縈繞，不知不覺就哼著其中一首有關櫻花的歌……

「春色の空の下を……君はひとりで歩き始めるんだ……いつか見た夢のように……描いてきた長い道……」

然後洗了澡擦乾身體以後從浴室走出來，把放在床頭櫃上的空罐子一一丟進垃圾桶裡。想起了那個女孩子，唔，小涵，她說她在七月底夏天的時候要來到山上看櫻花啊。

即使在海拔兩千多公尺的高山上也不可能在夏天看到櫻花的呀。

我坐在床邊用毛巾搓揉剛洗頭過的濕髮，一面用手機調了鬧鈴。心裡猶豫著到底要不要用吹風機把頭髮吹乾或者乾脆就這樣睡了，畢竟如果明天要三點半起床就沒有太多睡覺的時間了。不過在我心底彷彿積了好幾個世紀灰塵的記憶突然告訴我，曾經有一個女孩子也跟你說過同樣的事，要帶你到阿里山來看櫻花，那是一年四季不管什麼時候都開滿好似覆蓋整個天際的雪白櫻花。

＊

「那是真的。」她說。

閉上眼睛我就想起來了。山的顏色像畫家的畫筆那樣逐漸形成，我知道有誰正在一筆一畫勾勒出山群稜線的輪廓，遠近濃淡的墨色和鮮綠，更遠的地方是天空，被陽光曝曬因而白得發亮，天空明亮得有些刺眼，沒辦法抬頭看太久。近的地方有海潮拍打鵝卵石發出嘩嘩和唰唰的聲音，前者是海浪發出來的響聲，後者是石頭互相碰撞的響聲。

在明亮的像洗過的太陽光下，風彷彿是空氣中的海藻在我們身邊飄動。風吹過的時候將她的長髮輕輕揚起，她每次都不嫌麻煩地重新把髮絲撥到耳朵後面，露出形狀非常好看的耳朵。

我想因為陽光的緣故，她皺眉又說了一遍，「那是真的」。

風吹過的時候也讓她白色的長裙裙襬搖晃起來，她那時候說了什麼話，好像用高品質的耳機在耳邊重複播放外語教學mp3那樣每一個聲音都清楚地迴盪在我的聽覺中。我可以聽到在海邊迴盪的風聲中，她正張開嘴唇對我說話，先注視我的臉彷彿注視美術館裡藝術品那樣地注視——

「真的喲，在阿里山那邊有一棵永遠都開花的櫻花樹，是非常大、非常大的櫻花樹噢。」她做了一個手勢，先比出寬度，然後踮起腳跟，像灑出什麼東西地用力伸長手，她努力地思考然後說：「比阿里山神木還高，也比101大樓還高，永遠都盛開著像雪片的櫻花。風吹過的時候，有些櫻花被吹落了，就像雪花那樣飄落下來，那些花瓣很輕，因此可以飄得很遠。然後你會以為連空氣都好像北極熊的顏色那麼白。」

她說這些話應該是夏天的時候。或者是冬天以外適合穿無袖輕便服裝的季節，我記得她裸露在衣服外面的手臂在陽光下冒出細微地像早晨露水的汗珠，天氣很熱，有人蹲在海邊玩水，海岸再過去不遠的地方是超過兩百公尺深度的太平洋陡坡，但不論何時只要是海邊都有人玩耍，就像不論何時都有人在戀愛。戀愛的時候去看電影或者像我們這樣散步著約會。

也有人在撿鵝卵石，白色的、灰色的或者帶著氧化鐵褐色的石頭。那些石頭都是從立霧溪上游經過千萬年或更久被沖刷到太平洋裡去然後又被潮水捲了回來送到岸邊吧。經過長時間彼此碰撞，受傷然後成為現在圓滑石塊的模樣。

我想人類也是一樣的，每個少年或小孩應該都是具有可塑性地那樣有稜有角，得經過碰撞和受傷人格才會圓滑起來。

那時，我也曾讓紀雨萱、小萱她受傷吧。為難過她好幾次，但不是她在海邊對我說有關阿里山櫻花的那個時候。

那時候，我們只是說要不要去看海，然後把機車停在海濱公路旁的停車格上。踏著鵝卵石的海面一直往北邊走，她穿鞋跟稍微墊高的涼鞋，我穿雜牌的運動鞋，就這樣腳踩著石塊發出喀啦喀啦的聲音，我還能記得石頭在膠鞋底下滑動的感覺，只要現在努力想起來，就像電影畫面那樣鮮明，我仔細安排記憶裡每一個畫面，聲音、顏色和氣味。但我想有些部分是出自我的想像才對，可是不論如何，我都相信一切的一切的一切都是真的。

真實地像會將人捲入的海底漩渦那樣，只要一不小心就會被捲到那個時空裡去而永遠出不來噢！我不由得不這麼想……

阿里山有一棵非常巨大的櫻花樹，而且是一年四季永遠都開花的櫻花樹。

我不知道那是不是真的。但不論那時候或現在我都相信她說的話。在一陣風從遙遠的海面上花了好久的時間撲到我們的頭髮、臉和衣服，衣服的縐褶像小動物那樣不斷抖動。我們在海邊停下腳步，然後聊起彼此家鄉的狀況，我們都是西部人來到花蓮唸大學，我是因為想要離家遠遠的才來到花蓮，而她是因為分數考壞了，只能夠填到這裡的國立學校，所以才來。

她談到自己分數考壞了有些懊惱，把頭偏過一邊，似乎瞇起眼睛看被陽光照耀得閃閃發亮的太平洋，湛藍的，因為波浪變化不斷轉換角度，讓燦白的陽光也隨著波形每個瞬間都用不同的方式折射著光芒。

「暑假的時候我得回家幫忙工作，我家是在阿里山上種茶的。」她說：「夏天的茶葉其實有點苦澀，但是有人喜歡喝稍微苦味道的茶，可以降火。」

「妳要幫忙採茶嗎？」我問。

她搖搖頭說：「現在都用機器採茶了喲！我要幫忙製茶。我們家有製茶的機器噢！得花兩天的時間熬夜把採好的茶葉製作成可以泡的那種茶葉。」

「要花兩天的時間啊？」

她認真地看著我的眼睛，彷彿要確認我對這個話題是不是真的有興趣，然後才點點頭：「得先把青綠的茶葉用熱風吹二十分鐘左右，葉子受熱會稍微發出茶的香氣。然後放在室內花很多時間攪拌和靜置，最後才放進一種轉動的大鍋爐去炒、去烘烤，除去青綠茶葉裡大多數的水分，得把茶葉裡的水分降至百分之五以下喔。」

「百分之五。」我確認了一次。

她點點頭說那是非常無聊的事情，「因為等待攪拌茶葉的時候，或者要揀出茶葉裡面茶葉梗或什麼雜物時，都是非常單調的呀。不過這沒有辦法，因為我爸媽就是經營茶園的人，為了生活，我們也得幫忙。」她說。

她又開始走路，然後一面對我說：「我們大多時候都住在嘉義市，爸媽則會在山上和平地兩處跑，忙起來的時候就會住在山上，我們小孩如果放假時會自己搭公車上山去幫忙。除非是假日和朋友有約的時候。」

「你們家裡有幾個小孩。」我問。

「三個，我還有一個姊姊，一個弟弟。」

我點點頭。

她歪著頭問我：「你家呢？該不會也是種茶的？」她說著然後笑了。

「怎麼會呢？我家住在台中很普通的濱海小鎮，不過那海邊的風景沒有這裡漂亮，有一些高大的白色風車。我爸爸是鎮公所的基層公務員，因為脾氣很硬，所以和任何人都處不好，因此考績也好升遷機會也好都一如期望的不怎麼理想。我媽媽是國中老師，都是很普通的工作。在我家，每天就過著跟公務員一樣準時該做什麼就做什麼的生活，睡覺時間、起床時間和用餐時間都被規定得好好的。」

「像軍營一樣嘛！」

「可能從我爺爺那時候開始就這個樣子，他是一個非常嚴格的爺爺噢！已經過世的爺爺只有國小畢業，讀日據時代日本人辦的國小，每學年都當班長，每次考試都是第一名，畢業後就被日本老師推薦到印刷廠去工作。」

小萱笑了，輕輕仰著頭在海風中輕笑，然後她因為認真看著我的五官而皺起秀氣的眉毛說：

「跟你一樣，眉毛有點粗，那種看起來像很老式硬派的日本人吧。唔，那怎麼說，思想右翼的日本人嗎？每天很早起床做體操，然後認真地好好刷牙，洗臉的時候把整條毛巾都打濕才洗臉，只用香皂洗臉，而不用洗面乳那種東西。」

「好像被妳說中了，他在世的時候的確每天很早起床做體操，很認真刷牙和洗臉的那種人。」

「你出生在很嚴肅的家庭。」她繼續走路，偶爾踏在滾動的鵝卵石上發出喀啦喀啦的聲音。

然後她回過頭來說：

「從我爺爺奶奶那一代開始就在阿里山上種茶，我的爺爺奶奶就是曾在夏天的阿里山看過盛開雪白櫻花的人，而且是比阿里山千年神木更巨大的櫻花樹喲。」

「我相信妳說的，可是好像沒有其他人在阿里山看過夏天的櫻花，而且是那麼大的櫻花樹。」我說。

「因為其他人不知道啊。」

我們不知道走了多久，好像十幾分鐘或者更久，在細碎的礫石海灘上，有一艘被棄置在岸上的木頭小漁船，漁船上藍色的塗漆因為長久被風吹日曬有些斑駁褪色，靠近船頭或木板的邊緣露出了木頭的顏色，而那顏色也因為乾燥的關係呈現一種異樣的白色，船底前半部裂了一條大縫，不知道是在海底撞擊礁岩產生的或者是因為拖到岸上沒有保養才裂開的。

船就那樣斜斜地放置在海灘上，船裡有幾個比兩公升汽水瓶還大的白色浮標和串連浮標的尼龍繩，有些釘在船身上的金屬小零件已經生鏽，鐵鏽紅褐色的痕跡甚至像水漬流到木頭船板下方。船底後半邊有綠色的魚網和積了些水，那些水是墨綠色的，是綠藻或青苔之類的東西浮沉在水中的關係吧。由此看來，這艘船已經在這裡被廢棄了好一段時間。

小萱她探頭看了看小船的內部，然後把背部靠著船身，再度瞇起眼睛凝視遠方寬闊的太平洋。海風非常有耐心地不斷吹拂過我們的臉和頭髮，似乎要提醒我們什麼或驅趕我們之類的，但是我們那時候依然在海邊慢慢地說話，好像小孩子慢慢地把糖果紙撥開吃糖果那樣。

「其他人不知道有那一座村子。」她用好像把自己上課認真做過的筆記用更認真的語氣說出來的那個樣子對我說道。

那是一座叫神櫻村的地方。

小萱的爺爺奶奶除了自己種茶外，也喜歡在農閒的時候在山上尋找野生茶葉，是那種自然生長在野外的茶樹。野生茶喝起來比較淡，舌尖能夠很明顯地品嘗出茶的甘味。有些野生茶樹長得幾乎比阿里山上的高大檜木林還粗大，小萱的爺爺阿直和奶奶阿春會去尋找這一類的茶樹並且採茶回來烘製野生茶。

在小萱的爸爸小學二年級時的某一天，阿直和阿春兩個人趁著下午沒事出門尋找野生茶樹，這次他們走了很久很久，穿過幾乎遮蔽住天空的雜木林，濕軟的地面長滿蕨類植物，大多數的石頭都被青苔覆蓋，幾乎沒有人走過這裡，因為如果有人走過的話應該會留下小路，即使是不到一個人肩膀寬的路。

偶爾穿透進樹林底下的陽光都變成綠色的，他們兩人像浸泡在綠色潭水中那樣地在水底行走，高大的樹木是水生植物那樣爭著生長出水面那樣。

四周非常安靜，風吹過樹葉發出嘩嘩類似水的聲音。連夏天惱人的蟬鳴都消失了，很遠的地方不知名的小鳥發出咕咕的聲音。

當然也有像蛇或蜥蜴在腐葉中安靜地移動，像游過靜謐湖底的魚，冰冷而安靜。阿直和阿春就這樣偶爾牽手，偶爾為了在崎嶇山路維持身體重心或攀爬過石頭而鬆開彼此的手這樣持續不斷前進，他們攀過了一處比大卡車車頭還大的石塊，轉過一個山坳，看見阿里山上最後一個他們熟悉的村莊，只有一家雜貨店、五戶人家的村子，然後繼續往更深山裡面的地方走。

森林裡就像另外一個星球，另外一個世界。高聳的樹林，斑駁長滿綠苔的樹身幾乎與所熟知的平地城鎮相異。但阿直和阿春頭戴布包斗笠，穿著灰色的布衫和綁腿鞋，很熟練地走在這個他們沒有來過的森林。

森林是友善的，如果人類真的融入到森林裡面去，只要像樹木或小動物那樣呼吸的話就可以了。他們從小就被灌輸這樣的觀念，把自己當成森林的一份子，那麼就不必擔心迷路。

阿直和阿春的確不擔心迷路，彷彿腦袋裡有這個山區的磁場，或者是阿里山神的庇佑（假設真的有阿里山神的話）。總之，只要他們想離開深山的林子，只要腦袋裡稍微轉一下，就可以估計出從所在位置到最近的山路或村莊需要多久的時間，通常誤差不會超過四個小時。

可是這一天阿直和阿春有點迷惑了，前年才來採過的七百年野生茶樹到底在哪呢？好像從半個小時前開始景色就有點陌生。是怎麼樣的陌生呢？周圍還是樹身長滿青苔的檜木林，仔細可以聞得到森林的氣味，是那種新鮮、草葉和泥土的味道，吹入高海拔森林裡的風都帶有那種香氣而且沁涼，是非常舒服的感覺。不過總感覺哪裡怪怪的，好像啪地一聲，腦袋裡的磁場改變了，或者阿里山神突然不在家了。唔，如果說起阿里山神的話，可能那種起霧「神臨」的氣氛更濃厚了。這座森林裡的檜木林竟都是八、九百年以上的粗大樹身，即使最細的樹身可能都要三、四個成年人才能環抱得住，因為阿春以前家裡每個男人都從事伐木工作，因此對於分辨樹木年齡她有相當的自信。

「阿直，這裡……」阿春感覺後頸和肩膀以及手臂有一股類似電流或雞皮疙瘩立起來的感覺。她拉了拉丈夫的衣服。

「我們沒來過這裡，這裡不是鐵道那邊的巨木林啊！」阿直點點頭，多年的夫妻已經讓他知道阿春想要說什麼。

「我們該不會迷路了吧？」

「如果真的在這裡迷路會被村裡的人笑死。」

阿直坐在一處腐朽的樹樁上，打開了一個看起來客家壓花布包的包裹，從裡面拿出一個塑膠水瓶，從水瓶裡倒一些水到充當杯子的瓶蓋，因為水瓶有水銀內膽的關係，所以水還溫熱的。

他先問了妻子。

「喝水嗎？」

「好。」

阿春接過塑膠瓶蓋，約一瓶蓋裡裝的茶水並不多，但阿春很小心翼翼地含在嘴巴，用水溫潤了有點乾燥的嘴唇然後才慢慢嚥進去。她把瓶蓋還給丈夫，丈夫也喝了一些水。

「還要繼續走嗎？」阿春問。

「再走一段路吧。這裡真的沒走過，看一看景色再走回去，問村裡的人有沒有來過這裡。」阿直用衣袖隨便擦了額頭上的汗水後把水瓶收起來，仔細用布包裹著然後重新塞入背後更大的布包。

阿春點點頭，她從來沒有反對過丈夫的意見。雖然阿春不是絕對沒有意見的人，但她總是會相信阿直的所有決定。

他們輕輕握了一下彼此的手，阿直還稍微幫妻子揉了揉肩膀，然後他們踩踏在長滿青苔和羊齒植物的泥土地面往森林裡面更深處的地方走。檜木林越來越稀疏，然後他們看見檜木林後面的天光，那是天空的顏色穿過柱子般林立的檜木林造成有間隔的光柱，在森林的深處看到日光照耀下的藍天，不論如何那都是非常令人覺得愉快的事。

阿直和阿春不由得加快了腳步。當然，小萱在轉述這個故事的時候，她猜想年輕時的爺爺奶奶的確是加快了腳步的。

他們來到森林的盡頭。那是一大片寬闊的山谷，山谷中茂密的雜木林裡看不到公路、鐵路或者住家的房子，甚至連伐木者伐木過的痕跡也沒有。只能看見翠綠的樹梢像綠色海洋那樣隨著風搖晃起伏，波浪似的樹梢彷彿是風的具象化，風吹到哪裡，樹梢就稍微低伏凹陷下去。

雖然長期住在山裡的阿春也不由得說道「這裡好美啊」！

阿直只是默默地點了頭當作贊同妻子的話。

阿直目光仔細地巡視腳下的山谷。「我們沒來過這裡。」他說。

「這是很奇怪的事啊！這麼大片的山谷，不但沒有人跡而且我們沒有印象。」阿直撫摸著自己的下巴。

阿春歪著頭然後四處走走看看，她注意到森林外邊一顆將近一個人高的大石頭——那是一顆長滿青苔彷彿大青蛙的石頭。石頭前面的蕨類植物彷彿讓出了一條路似地露出了黑褐色的泥土地面。

「阿直，這邊好像有人走過？」她指著大約兩、三公尺長的泥土地面說：「你看這裡……好像是一條路，只有這邊沒有長草和什麼植物……」

「要爬過去嗎？可是好像……唔……」阿直抬頭看著那塊巨大青蛙石靠近山壁的地方。

然後阿直敲掌說只有這個方法了，不然除了繞原路回去也沒其他的地方可走。

他們夫妻倆這樣互相扶持翻過高大的青苔石頭。首先阿直先扶著阿春站在自己的肩膀上爬到石頭上，然後把自己背上的布包交給阿春，阿春將布包拋到石頭後面後伸出雙手抓住丈夫的手，阿直一邊爬一邊依賴著阿春的幫助也爬上了石頭。

石頭後面有一條看起來就像沿著懸崖開闢的山徑蜿蜒繞到山壁後面去。「那大石頭似乎特意擺在那邊阻擋外人發現這條路哩！」阿春這樣對丈夫說。

「好像是這個樣子。」阿直用力點頭：「嗯，真的很像，但不論是誰都沒有這麼大的力氣搬動這種石頭呀！」

「也是。」阿春輕點頭。

兩人為了避免失足跌到山壁底下，小心翼翼地貼著山壁行走，不時互望對方並提醒彼此注意腳下的步伐。他們走了兩分多鐘左右，山徑越來越小，幾乎比一個成人的腳掌寬一些而已，他們得抓著山壁的石塊或者沿著山壁生長下來的藤蔓或樹根繼續往前走，繞到山壁後面，路突然寬闊了起來，就好像漏斗形狀似的豁然開朗，綠色的雜草和羊齒植物沿著道路兩旁又用鮮綠佔領了大地，雜木林在草地後面像衛兵那樣林立，雜密的程度彷彿連風都透不進去。只有一條羊腸小徑穿了進去，小徑的盡頭有人家，遠遠地看過去好像是一座小村莊，那種散發著非常古老氣味的村莊。

所有的房子都用木頭搭蓋，茅草或木板鋪設的屋頂，靜謐，平穩，祥和，彷彿全世界關於家鄉或溫暖之類的定義在這裡被糅合、固定、具象化為村莊的樣貌。阿直和阿春心裡有一股暖流通過，他們不自覺地把手握在一起，如果不這樣的話，沒有辦法壓抑住內心那種巨大的震撼或感動。

不知不覺天空就變得通紅，西邊天空紫霞和被陽光照得通紅的雲朵飄浮著。昏黃的陽光像某種預言似地從雲層之間灑落下來，光線用某種穩定而堅毅的速度降落在那村莊裡頭，照在那茅草的屋頂。不論是誰看到這個景象都會讓人想到童年，或許不是每個人的童年都曾經居住過這種類似的地方，但不管如何，這個村莊都讓人莫名其妙感受到溫暖、懷念之類的情緒，而大多數的人都會懷念自己的童年或者失去的什麼地方，而這個村莊的景色就是能那麼巧妙地觸發人類的那種情感。

阿直和阿春頗為感動地注視那個村子好久，阿春首先發問了，她問丈夫：

「那個村子是哪裡？好像沒看過啊！」

阿直點點頭，但更讓他疑惑的是村莊後面一大片白色像牆壁的東西，雖然在夕陽的照射下，那片白色的東西看起來像浸泡在橘子汁裡的橘色，但是還能夠在腦袋裡將原來的顏色還原出原本的白色來。

阿直指著那寬達將近一百公尺的白色牆壁說，「後面的白色東西不知道是什麼？」

「阿、阿直，那是樹啊！」阿春拉著丈夫的衣角，抬頭驚訝地那白色牆壁彷彿觸摸到天際的樹梢。近百公尺筆直的樹幹就這樣生長筆直地穿過雲端，而且更高、還要更高，然後不知道在幾千公尺的高空突然枝葉散開來，比雲朵還寬闊地覆蓋住下方整個村莊。

最上方樹梢的地方不知道是陽光的緣故還是本身樹幹的顏色，是金色耀眼的枝幹，形狀非常美麗的金樹枝，金樹枝間茂密的葉子和白色的花瓣細密地彷彿競爭似地那樣生長。「這、這可能是世界上最壯觀的樹啊！」阿直他說。

不知道為什麼他們好像有種走到生命最終點的地方。好像活過了大半輩子只為了兩個人共同抵達這裡，阿直和阿春兩人沒有說話甚至也沒有看對方就那樣自然而然牽起手來，綁腿鞋安靜地踩在泥地上，踩在夕陽的光輝裡，柔和色調的夕陽彷彿特別摻添了一種叫做幸福的東西充盈著這整個山區。兩個人慢慢地、慢慢地往那個村莊走過去。

當他們走到村莊口，看到路邊黑色的木柵欄不規則地釘在第一戶人家的後院，木柵欄是黑色的沒錯，因為使用了很久加上了水氣浸潤的關係，看起來幾乎像墨汁的顏色，相較之下第一間房屋褐色的屋簷和爬滿牽牛花的木板牆壁又是另一種不同的木頭顏色。

第一間屋子後面，歪歪斜斜連接了好幾戶人家，好像幼童學習縫鈕釦那樣，歪歪斜斜地縫成不太整齊的形狀，因此村子裡這條對外的道路看起來不是那麼筆直。在夕陽照射下，泥土路面都染上了一層橘紅，溫暖又幸福的顏色，阿春不由得這樣想。因為她這樣想所以又稍微用力地握緊阿直的手。

道路兩旁的人家在屋簷下擺了幾個黑色或土褐色的大甕，看起來像醃酸菜、蘿蔔、菜脯之類的，也有一戶人家在屋簷下懸掛了風乾的玉米，看起來是要做來年的種子。

「可是怎麼沒有看到人呢？」阿直好奇地問。但他只是這樣問，並沒有特意要妻子回答。

兩個人就這樣安靜地走進村莊，心想天色暗了可能得在這裡借個柴房或者什麼地方過個一夜。在之前也有這樣因為採野生茶或山菇而錯過了回家的時間，那麼他們就會在山上隨便找棵大樹或者山壁凹洞的地方像動物那樣過夜。而他們的孩子也早就習慣了父母那樣的作息。那時候的孩子都相當獨立，可以自己燒飯，洗衣，睡覺前也記得將大門掩上。因此阿直和阿春兩人不會擔心家裡的事，就抱持著好奇的心情站在村口打量這個村子。

村子裡非常安靜，沒有半個人影，反而阿春注意到路邊有好多兔子，沿著道路兩旁有幾十隻兔子在嚼草，白色的、灰色的、褐色的、黑色的、花色的各種兔子在道路兩旁活動，或者那樣不停低頭吃草，或者偶爾豎起一隻耳朵傾聽風的聲音還是其他什麼的，或者立起前足站起來張望四周，有一隻灰色兔子就這麼做了，牠看到阿直和阿春夫婦站在村口，但牠趴下來，又跳到其他地方去。

「好多兔子啊！」阿春說。

「我們進去看看。」阿直輕拉了阿春的衣服。

兩個人走進了這個有很多兔子的村莊。但他們兩個人隨即揉了揉眼睛以為自己看錯了，沒有什麼兔子，在路上只有穿灰色衣服、白色衣服、褐色衣裙的男女。有的人年紀很大了，例如：坐在長凳子把一隻腳也放在椅子上的老人家，頭髮稀疏，剩下的幾根銀髮在夕陽底下彷彿可以折射太陽光地那般發亮。那老人用混濁但友善的眼珠看著阿直和阿春。

有一個老婆婆在整理放在木板上曬的菜乾，看起來是要做福菜或醃菜之類的東西。不過因為天快黑了所以得把那些菜乾收起來。

另一個穿著黑衣服看起來年紀和當時的阿直差不多的方臉男人，他背著一大擔木柴，似乎剛從哪個地方砍下來的正準備要回家。這男人身後跟著一個穿著灰色衣裙的女人，兩個人年紀差不多，用相同速度的步伐走路。

方臉男人看見阿直和阿春兩人於是停下了腳步：

「剛來的？」方臉男子的聲音有點沉。

「嗯，我們剛發現這個村子。我們住在山下，請問這裡是哪裡？」

「神櫻村啊！」方臉男子指著背後那一棵被阿直稱作全世界最壯觀的樹，他說：「那棵就是神櫻，上萬年來樹上都櫻花茂盛。」

阿直和阿春抬頭看著幾千尺高空那被暮色照耀地彷彿橘色雲彩的櫻花。然後阿春先說話了：

「我們沒有聽過這個地方，也沒看過這麼大的櫻花樹喲。」

那個穿灰色衣裙的女人歪著頭對阿春說：「你們是夫妻吧？」

「嗯，我們是夫妻。」阿春點點頭說：「結婚十年了，有兩個小孩，男的叫阿國，女的叫阿瑛。」

女人瞇起眼睛對阿春說：「如果不是一出生就生活在這裡的人，得真心戀愛超過十年的人才會發現神櫻村噢！」女人指著身後的巨大櫻花樹對阿直與阿春說：「就像那棵櫻花一樣，這裡是幸福與愛永恆的地方，是真正相愛的戀人才會發現的地方，是不會改變的場所。是神櫻村喲。」

「真的不會改變嗎？」阿直說：「即使每天太陽出來，太陽落下，颳風下雨也什麼都不變？」

「如果認真說的話，應該至少一千年不變！」方臉男人指著附近那個眼珠混濁的老人說：「像我們要變得像阿瀨伯那麼老的話，要一千年以上，阿瀨伯已經五千歲了……」

「這、這裡是仙人住的地方啊……」阿春有點感動地拉了丈夫的衣角。大概只有仙境才有如此長壽的人和高大地幾乎與天同高的櫻花樹。

「嘿，你這樣說也沒有錯。能夠真心相愛的人就像神仙一樣快樂啊。」方臉男人說：「我們家附近還有空房子，你們可以住那邊。我要我女人幫你們做晚餐。」

「謝謝，我想我可以幫忙的。」阿春急忙說道。

方臉男人帶他們到一處石圍籬上方的房子，用土牆和圓木頭混合搭造起來的舊房子，土牆內外都漆著白漆，看起來非常整潔的樣子。房子裡除了廚房外有三個隔間，一間臥室，一間客廳，一個可以做倉庫也可以當成臥室的房間。至於浴室或廁所這種東西，在早期都是在屋子外另外獨立出來的。

那個年代叫「廁所」為糞坑，就只是在屋子後面挖了一個可以堆肥的坑洞，四面用木板牆遮蔽起來，加上一個簡單的屋頂就是了。

方臉男人帶他們巡看了房屋內外，農具、桌子、椅子、爐灶、碗盤、床或棉被，幾乎所有東西都一應俱全，連爐灶旁邊有不知道堆放了多久的柴薪。方臉男人要自己的妻子回去準備食物，不久那個灰衣女人就提著竹編的食籃過來，食籃裡有清粥、醃蘿蔔、醃筍絲、燙高麗菜和涼拌豆腐。

之後幾天又有幾個人來看阿直和阿春，聊了有關神櫻村的狀況。他們兩人也走到神櫻村最中心的地方去看那一棵櫻花樹，那棵櫻花樹的樹身幾乎比國小繞操場一圈的跑道更加粗大，好像支撐著地表和天空的距離，或者支撐人類心靈、幸福啦那種抽象的東西而屹立著，不論怎麼樣都不可能會倒下。

在這個世界上一定有某種事物就跟這棵櫻花樹一樣，好像支撐著地表和天空的距離，或者支撐人類心靈、幸福啦那種抽象的東西而屹立著，不論怎麼樣都不可能會倒下。

阿直抬頭看著被雲層阻擋住視線的白色櫻花樹樹幹，在幾百公尺高的地方被一大片白雲遮蔽，幾乎分不清樹皮或雲的顏色。

在神櫻村裡，沒有什麼事情會改變，即使一定會改變也是一千年以後的事了。幸福或愛也像恆久盛開的櫻花一樣，絕對不可能改變的。阿直和阿春在這個地方非常幸福，但有一天早上阿春醒來的時候突然想到了在家裡的兩個孩子。

「阿直，我們家裡的那兩個孩子呢？」阿春搖著還在睡夢中的阿直。

「孩子？」阿直揉揉眼睛。

「就是阿國和阿瑛啊！」

「對，阿國和阿瑛是我們的孩子……他們、他們不在這裡？」阿直驚醒過來，然後驚聲地說：「已經過了多久？我是說我們來這裡已經多久了？」

「好像兩個多月了、還是半年？」

「我們得下山才行，不然阿國和阿瑛不知道怎麼生活下去。」

他們兩個人收拾了一下房間（其實沒什麼好收拾的，他們就把當天帶到村子裡來的東西打包好，熱水瓶裝了熱水），吃了一點昨天剩下的稀飯和乾菜，然後就走到村子口……

但他們找不到村子口。雖然那個眼珠混濁的阿瀨伯仍然坐在那條看起來應該通往村子外面的大路旁的長凳子上，但這時候道路的盡頭卻是將近兩個人高的石圍籬，圍籬上方看起來是梨樹園。

「出口、村子口在哪？」

阿直問人，但沒有人答得出來。

最後阿直和阿春找到了正在用鋤頭翻土準備種紅蘿蔔的方臉男人——方臉男人的名字叫阿徹。

「阿徹，你知道怎麼離開這個村子嗎？」

阿徹放下了鋤頭，先用肩膀上的毛巾擦了擦汗水，然後除下斗笠搧風，才疑惑地緩緩說道：

「你們要離開神櫻村？」

阿春點點頭：「我們在山下有孩子，你知道的，叫阿國和阿瑛。」

「是不可能離開的，因為在這裡就是幸福的盡頭，也是永遠的愛與永遠的幸福，什麼東西都不會變化。戀人會一直幸福下去的地方，沒有人可以離開彼此的幸福。」

「真的沒有辦法嗎？」阿春問。

「沒有辦法……除非……有兩種辦法……」

「除非怎樣？」

「有某種事物改變的話。」

「什麼事物？」阿直追問。

「例如戀人之間其中有一個死掉了，那就是沒有辦法的變化。那還活著的那一個人可以選擇離開或留下來。但大部分的人都會留下來啊！」

阿徹也告訴阿直和阿春第二種方法，但第二種方法更困難所以他們放棄了。這個村子彷彿被一道透明厚重的高牆所環繞，不論怎麼用力穿過村子的邊界，空氣彷彿黏糊糊地把人黏住。而且即使穿過了那道黏糊糊的半透明空氣以後，只會出現在村子裡其他地方。在阿直和阿春連續十天真的找不到離開神櫻村的辦法以後，阿直自殺了；他用自己的死「改變了他和阿春的幸福戀情」。他用菜刀刺進了自己的胸膛，血噴濺了滿地。阿春哭著握住了丈夫的雙手。

「為什麼啊，為什麼要這麼做？」

「我們不能讓孩子們沒有爸爸媽媽……如果只是沒有爸爸的話……」

阿直溫柔地看著阿春，不久他那溫柔蘊藉的眼睛轉化成無機的玻璃珠樣貌。阿直在血泊裡失去了生機。阿春滿身沾著丈夫的血，這樣一邊哭一邊離開屋子，她的悲傷使得森林都為她開路，山谷也似乎為她彌平變得好走，她不知道怎麼地就走回到自己的家。

小萱的爸爸和姑姑，也就是阿直和阿春的孩子度過了沒有爸爸和媽媽的三個月。此後，就永遠沒有爸爸了。

而小萱也從沒有看過她的爺爺。

可是，當阿春講起有關神櫻村的事時，她的臉龐總是充滿幸福的光彩。

「那是一個不管做什麼都覺得非常幸福，有幸福會一直永恆下去的地方。如果我和阿直沒有孩子，我們會一直在那個地方生活下去的喲。」小萱的奶奶阿春，在往後的日子總是心神嚮往地這樣形容神櫻村。

阿里山上有一棵即使夏天也會開花的巨大櫻花樹，那是非常漂亮的櫻花樹噢。小萱的奶奶如此確信，而小萱也相信著。

3.

在小萱告訴我阿里山神櫻村這個故事的一年以前，我是大學一年級的新鮮人。

那時候的世界很新，就像雨水剛剛洗過，然後有個人拿著乾抹布仔細地抹過世界的每一個角落然後用手指頭去碰，吹氣，確保一切的一切都是乾淨如新。

我離開家鄉到花蓮來讀大學，自然是住在學校宿舍裡。住在一個叫「擷雲二莊」的學校宿舍。米色的西方建築，感覺起來有點類似歐洲城堡外面平民百姓住的那種莊園，或許一點也不像，總之，這個叫做「擷雲二莊」的地方有很多三層樓的、四層樓的樓房，每幢樓房大約可以住二十人到三十人左右，一人一間房間，我住在靠近停車場門口房子的二樓。那層樓有兩處公用的衛浴設備，一個看起來像客廳的地方，有大桌子，幾張椅子，雙門冰箱和微波爐。

以大學生住的宿舍來說，算是很不錯的地方了。而且除了開學第一天的晚上有個自稱舍監的中年人和學務處的人像大官巡視地來宿舍裡繞了一圈以外，我們幾乎沒有看過舍監出沒在宿舍裡面。那是一個非常自由的地方。

和我一起住的樓友都是非常好的人。我房間左邊的幾間都是數學系的同學，平常他們都出沒在理學院，好像一年級就要進實驗室什麼的，因此很少回宿舍，但我隔壁那個讀數學系的男生白白淨淨，非常斯文，平時也喜歡邏輯、哲學的東西。我們曾經坐在客廳喝可樂一面討論「文學」和「數學」哪個重要。最後是我右邊企管系的樓友跳出來打圓場。

我想企管系的工作大概就是介於人文和數理之間吧。那時候他介入得恰到好處。這麼說起來，企管系也許比什麼數學系或中文系更重要也不一定，只是人類總是站在「本位」的立場來思考，不論如何通常會覺得自己最重要、自己的女朋友最重要、自己的家人最重要、自己熱衷的興趣或學問最重要。

如此冷眼旁觀式的探討起來，這個世界真的非常無趣、真的……

陳大偉住在「企管系」的旁邊，是高雄人——南部高雄的陽光大概感染到他身上去了，他是非常陽光開朗的傢伙。體格非常好，彈性也不錯，我說的是打籃球的那種跳躍力——他身高跟我差不多高，可是打籃球的時候是可以跳起來抓到籃框，就好像浣熊或飛鼠那樣吊在樹枝上地抓著籃框。

他沒事的時候就喜歡打籃球或跑步，而且也擅長寫書法（這一點就非常像中文系的男生），他經常臨的是《泰山經石峪金剛經》字帖，是刻在中國山東泰山山壁上的一種字體。那是一種外行人覺得古樸甚至有點幼稚的字體，但陳大偉說他從國中就開始練「泰山經」（簡稱）的這個字帖，實際上這是非常難練的字體噢！他說，要把這種字寫得好得練過隸書、篆、楷、行草等等。但其實在我大學時代的時候，電腦已經非常進步，有各種字體可以列印出來，我不知道為什麼還有人要這樣練習書法呢，也許是我的字非常醜所以難以體會喜歡寫書法的人是什麼心情，這有點類似地上汪汪叫的小狗很難體會到麻雀為什麼要一邊飛翔一邊吱吱叫那樣。

不過我們也有共同的興趣，喜歡現代小說，他喜歡王禎和、黃春明之類的小說，而我除了台灣的小說以外，也看翻譯小說，自己也喜歡寫。

不過我並不太會寫作，那時候無論怎樣都沒有辦法好好寫一篇散文發表在報紙副刊上。可是陳大偉除了籃球打得好，書法也寫得不錯外，對女孩子也很有一套。經常看到班上的女孩子來宿舍找大偉，因為舍監彷彿隱形人似的幾乎不知道跑到哪去，所以女孩子也能穿著居家的細肩帶小熱褲隨意進出男生居住的樓層。相對的，男孩子也能隨便穿著籃球褲和拖鞋去女生樓層聊天一整晚或做其他什麼的。

那時候的我並不熱衷找女孩子聊天。約會、戀愛什麼的都沒有想過。我在想好不容易從升學壓力的牢籠裡解脫了，為什麼還要跳入戀愛的牢籠裡去，雖然用「牢籠」來比喻戀愛是有點僵化的老式比喻。但那時候非常年輕的我已經體會到「自由性」的重要，我是為了掙脫家庭的束縛才特別選擇離家最遠的大學來讀的呀！所謂自由性對我來說就是每個人都是獨立的個體，可以在不干擾其他人的情況下藉由自己的意志決定現在要讀書睡覺或者上網，甚至跟小熊在草地上一起打滾都可以。

如果一旦喪失了自由性，人類就不再是單純的「我」。而是某個人的「丈夫（或妻子）」，某個人的「情人」，變成別人的附屬物了。那時候的我當然也瞭解，人類不可能獨自存在的，總有一天會變成「別人的」（這樣想起來多麼悲傷呀），但我那個時候想要多一點屬於自己獨處的時間。

一個人住的宿舍生活，可以打開電腦上網，想多晚睡就多晚睡，可以讀卡夫卡或者克莉斯汀的白羅系列偵探小說。不管怎麼樣，我對跟女孩子講話或者一起吃飯這件事沒有非常大的熱情。

雖然我一面抱著卡夫卡的書在電腦前面閱讀（我非常喜歡卡夫卡），但也一方面羨慕陳大偉能夠周旋在很多女孩子之間，在期中考的時候我暗自觀察能夠被認定是大偉的女朋友的人應該有五個，兩個我們班的，一個外文系的學姊，一個企管系的，一個歷史系的。

有幾次整個晚上大偉房間的門縫都是暗的，沒有透出一點光出來——

大偉其中一個中文系的女友，也是我同學，不停在網路上傳訊給我：

「誒，大偉回來了沒？你去幫我看看？」

「我看了第三次了耶，我敲門看看好了？不然妳打手機給他。」這時候我好像看一本從圖書館借來的《歌德自傳》，看到〈初戀情人葛蕾卿〉這一章。看到那個女孩子丟過來的訊息，有點無奈地把書本倒放在桌面上，打字回訊息給她。

「不要，他如果還沒回宿舍，應該在別的女生那裡，不是企管系的就是歷史系的那邊，如果打電話過去的話很尷尬……」和我傳訊息的女孩子還不知道外文系學姊的存在，基於我和大偉的交情，當然也不會洩漏多餘不利於大偉的情報。

「別這樣說，我去看看吧。說不定回來了！」我離開房間，走到大偉房門前低頭看了一下，門縫底下還是暗的，沒有光。可想像門板後面漆黑安靜地像放置在桌上的墨水瓶。

我回到房間，打字回訊息給那個著急大偉不知道去哪的女同學：

「房間的燈是暗的……」

對方很快地回覆訊息過來：「你有沒有把耳朵貼在門上聽，說不定裡面有聲音啊！不知道哪個狐狸精在他床上……」

「要做到這種地步嗎？妳直接打電話給他就好了啦。」

「拜託，下次我再煮咖哩飯的時候，我也會叫大偉帶你一起來吃……」我彷彿看到另一端的電腦，她露出了像小貓一樣無辜的眼神。

哎，真是沒辦法。雖然不是純粹為了咖哩飯……

我再度走到陳大偉的房門口，雖然沒有真的把耳朵貼在門上，但也仔細地側耳傾聽房間裡有沒有聲音，安靜地像拔掉插頭的冰箱冷凍庫那樣，一點聲音都沒有。

我回去報告那個曾經請我吃咖哩飯的女同學。

「他房間安靜地像冰塊融化時的聲音，也就是什麼都沒有。」

「真是的，他一定跑到別的女生那裡去了，我透過管道調查過了，大偉今天晚上沒有在小婷那裡，他真是狡兔三窟，氣死我了！」小婷是大偉在班上的另外一個女朋友。

我很想問這麼難堪的感情為什麼不放棄了呢？但這終究不關我的事，我只是稍微放下了《歌德自傳》，走了幾步路到大偉房門口，然後又跟這個女同學傳了一些訊息。然後我什麼也不想關心（除了美味的咖哩飯以外），過了幾分鐘我翻到了《歌德自傳》的下一章節〈初嘗失戀況味〉。

有戀愛如果沒有失戀的話，是一種悲哀。因為那無法體會到愛情裡真正關於「痛」的感覺。所謂戀愛這回事並不是說一開始幸福就很快樂了，那樣子就像玩電腦遊戲一下子就抵達了幸福結局的畫面。遊戲的趣味是在過程，有挫折或失敗然後突破超越的升級過程，戀愛也是。這是我在許多年以後才能夠體會到的事。

在我十八歲，大一的時候，我只想到，如果不要戀愛，那麼我可以保持人的「自由性」和「獨立性」。我不會是別人的附屬物，而且我也不會受傷。

跟女孩子見面或約會太過麻煩了。

當然也可能跟男孩子戀愛，在那個年代，社會接受「同志」這種東西（或者說這種事情）還不是那麼開放，但總是有的，就像黎明之前瞇著眼睛看東方的天空，啊有一些光亮透出來了，像紅色紫色的彩霞，好像太陽快要出來了。不過等了好幾分鐘，仍然只有微光從山的那一邊透出來而已。

不過我想即使同志傾向的男孩子也不會喜歡我才對。我不像陳大偉那樣陽光健朗。陳大偉有一次直接在洗手台前面脫掉上衣，我看到他那鍛鍊過的身體，即使不出什麼力氣就能明顯看出他上臂肌肉的微微凸起，腹肌平坦結實彷彿淋過雨又被太陽曬乾的泥土地那樣堅硬。而且因為我有遺傳自爺爺又長又粗的眉毛，看起來也不夠秀氣。不過多年以後，某一個前女友的媽媽這樣說我：

「阿瀚啊，你其實很帥。可是即使你笑起來或者不論什麼時候你都讓人感覺冷漠，不是那種一絲感情都沒有像冰塊一樣的冷漠哦。只是不知道為什麼你讓我女兒感覺你距離她好遠，是有距離的。你好像把自己放在很遠的地方，你這樣很難讓別人一輩子喜歡你的喲！

如果你喜歡對方，得熱情的表現出來，像太陽或者會把對方燙傷的什麼東西的那種熱情。」

我想那種熱情在大偉身上就像「免費大贈送的東西」一樣地散發出來。他不管對眾多戀人也好，女性或男性友人也好（同樣有數不清的男生同學有各種理由來宿舍找他：打球啦、跑步啦、游泳啦），甚至當時大學的課堂老師也覺得他非常值得信賴，會把印講義、交作業之類我覺得有點麻煩的工作交給他，他總是非常樂意去做。

基於同樣原因，多年以後，全台灣有多少升大學補習班學生也因為同樣感受到陳大偉身為老師的熱情而視他為名師，指定要到他的補習班補習國文吧。

情感或熱情是可以販賣或交換的東西，它可以被利用來當很好的補習班老師，也可以交到很好的打球伙伴，同樣也能夠交換到女孩子溫暖的身體。

但我還是覺得太麻煩了。

陳大偉在球場上打球的時候，我在讀卡夫卡的《蛻變》、《城堡》或《審判》之類的小說。

他去游泳的時候，我不是依舊讀卡夫卡的小說，就是改讀托爾斯泰的《安娜‧卡列尼娜》。

因為中文系的我們班男生不多（只有七個而已），陳大偉和班上的男同學曾經為了和數學系比賽籃球缺少球員，三、四個男同學就抓住我雙手雙腳這樣把我從宿舍房間裡拖了出去，把我扯離開卡夫卡的奇幻世界或十九世紀的俄國。

「阿瀚，你得多運動、曬曬太陽才行！」大偉說。

「好啦、好啦……我打籃球就是了……」我說。

通常就是這種情況，陳大偉是我的好朋友，他扮演著我和現實界溝通的橋樑。把我的靈魂從憂鬱的文字堆裡拖出去的那種……

「要不要下次跟班上女孩子一起出去玩？我找小婷，也叫她幫你約個你覺得不錯的女生。」大偉經常這樣問我。當然有時小婷會換成他其他女朋友的名字。

「不要。」我總是很直接地說了。

「不要這樣，你該不會大學四年都不想戀愛吧……」

「我沒有這樣說。」

可能在某天「文學概論」下課，淡淡金黃色的陽光傾斜從遙遠的西邊天空穿過文學院的赭紅色廊廡灑進來的時候，陳大偉又問了我相同的問題。我答應了他，和大偉、小婷還有一個小婷參加手工藝社團認識的女孩子一起進行兩對約會。

小婷也是我的同學，而且因為我和大偉是宿舍樓友的關係，她對我非常友善（她也需要眼線幫她注意有哪個女孩子最近又經常靠近大偉）。而大偉本身也是相當健談會友善引出別人話題的人，聊天的時候總能很順利地引發我和那個女孩子的共通話題。我們在花蓮著名的茶舖吃了飯、喝了茶（還記得我在小婷的建議下點了甜得膩人的大杯珍珠奶茶），然後我們四個人一起去唱歌。

我沒有特別練習唱歌也不太會唱歌，但大偉很友善地勾著我的肩膀和我一起拿麥克風哼哼唱唱。不過那次給我的感覺就像小婷建議我點的那杯珍珠奶茶一樣，甜得膩人。

那時候的我還是習慣在電腦前面坐著看書。讀卡夫卡有時候讀托爾斯泰的書，讀一八七七年完稿的《安娜・卡列尼娜》會想到，啊這本書穿越了一百多年從俄文翻譯成中文呈現在我的眼前，安娜怎麼地去面對自己勇敢而美麗的愛情，那樣經歷了一百多年到這個時代仍讓人覺得感動而想要哭泣，有幾次在書桌前面眼眶就不禁濕潤起來，不是為了安娜的愛情，而是為了此刻我能夠坐在這裡讀一本好書的感動。

我喜歡看書，也的確喜歡寫一些什麼東西。

十八歲的我會很早起床，走到宿舍樓下的自動販賣機買一罐十元雜牌的易開罐咖啡，就坐在停車場前面咕嚕咕嚕地喝咖啡然後看書或者欣賞早晨露水未乾，整個世界都像剛剛清洗過而甦醒過來的一樣，早晨的雲潔白得像北極的冰塊或北極熊的長毛，天空透明得像果凍，彷彿伸手觸碰就會摸到那柔軟冰涼的膠質。

我習慣一邊喝咖啡一邊想這樣的美景和我自己的心情，然後回到宿舍裡就寫點什麼，用便宜的鋼筆寫，然後用電腦打字輸入一遍，把自己覺得還不錯的短文發表在當時學校的BBS（電子布告欄系統）。

也因為這個樣子，我遇到了一個叫小仙的女孩子。

「小仙」說起來並不是她的名字，而是網路上的暱稱。

有一天晚上九點多的時候，我和大偉各自在不同的浴室隔間裡用蓮蓬頭沖澡，嘩啦啦地水不斷沖洗著我們年輕的身體，然後隔著牆壁他說起了通識課「自然環境資源」老師如果穿起百褶迷你裙不知道怎麼樣的笑話。我笑罵了他一聲，然後把蓮蓬頭關掉，擦乾身體穿好衣服，把有點濕的毛巾覆蓋在頭髮上就端著臉盆走出去回到房間裡。

電腦螢幕上發出了有人傳訊息來時會發出的叮咚聲響，或許是咚咚或叮的聲響，因為時間太久了我不太記得那時候學校BBS當有人丟訊息水球過來的時候會發出什麼樣的音效。

總之我的電腦響個不停。

我依舊依照平常洗完澡的模式，把換下來的髒衣服啪地一聲丟進洗衣籃裡面。其他沐浴用品連同臉盆放在門後面的櫥櫃裡——毛巾還是覆蓋在濕頭髮上，然後雙手一面用毛巾搓揉頭髮一面慢慢走到電腦桌前面坐下。

是BBS上一個陌生的ID「fairy」傳訊息過來，大約每三到四秒傳一個訊息，可能時間沒那麼固定也不一定，大概傳些：

「在嗎？」

「你在電腦前面嗎？」

「如果在電腦前面就回我一聲啊，你的文章寫得蠻好的。」

「嘿。你不會故意裝不在不理我吧。」

我的雙手離開毛巾，回了訊息給對方：

「我沒有理由不理你啊。我剛剛在洗澡。」

「嘿，但你也沒有理由理我啊。」對方很快地有了新的回覆。

「那倒也是。」我回應對方：「我認識你嗎？」

我移動閃爍游標到BBS的「使用者名單」去，找到了對方「fairy」的ID，暱稱是「可愛到被退學——小仙」，來源是「中華電信」，也就是她從教育部網路以外的其他地方登入的。但有些學生住在外面，因此上線的地點也可能是「中華電信」或「遠傳電信」。因為對方的暱稱非常女性化，我最先想到的是該不會又是剛和大偉曖昧的女孩子，不知從哪裡打聽我和大偉是宿舍樓友，想要來打聽大偉和其他女生互動的情況。我感覺好像是陳大偉身邊的間諜似的，可愛的女孩子都想從我口中打聽大偉的近況。

連帶著連我都好像被可愛的女孩子圍繞了。當然我也偶爾會羨慕大偉兄的魅力，可是覺得像他那樣生活，周旋在女孩子身邊也未免太累了。我曾經那樣問大偉，大偉只是聳聳肩說沒有辦法。

不過電腦另外一邊叫做「小仙」的女孩子（應該是女孩子）回答我：

「不認識，不過你在短文板寫得文章很好喲！大部分我都很喜歡。」
「是嗎？我覺得我一直寫不好，投稿都被退稿呢。」
「可是我覺得你真的很棒。」
「謝謝，你是哪一系的學生？」
「我是高中生。」
小仙是高三的學生，家裡在靠近海邊的地方開了一家花店，因為很喜歡索福克勒斯的《伊底帕斯王》之類的希臘戲劇，所以未來想到台北讀戲劇系。
她傳了幾個訊息以後，問我有沒有電話號碼說要打給我。
我那個時候沒有手機，於是說我可以到樓下公共電話打給她。雖然我覺得這樣很麻煩，但是我並不是那種拒人於千里之外的人。
「那宿舍分機號碼呢？」她問。
我給了小仙宿舍分機號碼，很快地宿舍分機響了，我去接了電話並且把電話線拉進了我房間，在接電話的時候，我順便到冰箱拿了一罐我自己買的啤酒，因為冰了一個多月了，所以冰涼透了。
對方的聲音很好聽，像雲雀在充滿雲霧的早晨會發出來的悅耳聲音，或者是很晴朗的時候，天空白得刺眼的雲摩擦過空氣發出來的軟綿聲音：

「你的聲音很像小孩子喲。」聲音很像小孩子的她這樣說我。

「是嗎？」

「嘿，沒錯，如果我剛剛不是聽到電腦總機說這裡是某某大學宿舍啦，我一定以為我打到某某國中宿舍去了。」

「國中也會有宿舍嗎？」

「有哇，我家隔壁的弟弟就是讀光復鄉的國中，他就住在學校的宿舍。」

「為什麼特地要跑到南邊鄉下去讀，讀花蓮市的國中不好嗎？」光復鄉在花蓮市的南邊，大約整個花蓮縣中間的位置。

「因為那裡的國中有棒球隊，他以後想要打職棒。」小仙停頓了一下語氣，然後說：「所以國中也有宿舍的喲。」

「原來如此，但我不是國中生呀！」

「嗯，我知道，你說你讀中文系？」

「對啊。」我用脖子夾著電話，一面把冰得透涼的啤酒打開，喝了一小口。

啤酒這種東西，不論夏天或冬天喝起來都是非常棒的，當然如果像是有點悶熱的夏天晚上喝啤酒的話會非常愉快。

「那你有讀過《伊底帕斯王》嗎？我覺得伊底帕斯王發現他自己無法逃脫弒父戀母的預言那種悲劇感，真的是太具有戲劇性了……」

現在的女高中生都會讀希臘悲劇嗎？

我搖了搖頭，然後才發現電話中對方看不見我搖頭的樣子，於是說：「我沒有讀希臘悲劇，以前高中的時候稍微看了一點關於希臘神話的東西而已。」

「那麼，大學中文系都讀些什麼呢？」

「讀文學概論啦、中國文學史、中國思想史、文字學之類枯燥的東西。」

「不讀小說嗎？」

「讀一些，台灣或中國的小說，也讀古典小說。用研究或賞析的方法來讀。不過我比較喜歡西方翻譯過來的小說。像我最近在讀卡夫卡和托爾斯泰。」

「感覺你讀了很多書的樣子。」

「因為我不喜歡交朋友，所以喜歡看書。」

「為什麼你不喜歡交朋友呢？」她這句話的聲調起伏非常地大，二十多年以後我仍然記得，先稍微拔高了聲調，然後婉轉地降低，朝天空丟出去劃出拋物線的棒球那個樣子。簡單地來說，聽起來是非常可愛像是在撒嬌的聲音。

「不是不喜歡交朋友。只是不喜歡跟別人說話。」

「為什麼？」

「因為每個人都有自己的獨立性，就是獨自存在的人格。如果太過勉強自己跟別人說話，就會失去了自己獨自存在的意義。」

「『失去自己獨自存在的意義』。」她用認真的語氣唸了一次，然後在電話中說：「你好像不但讀很多書，而且很懂得思考。」

「沒有啦，只是喜歡發呆。」

「這樣好了，你借我一些書，我們兩個一起看書、發呆。我最喜歡發呆了。」她說。

我和小仙見面是隔一個禮拜的週日早上十一點。就在花蓮市區外的海邊。在靠近海岸的地方有一塊很長的草皮，她跟我約在花蓮北濱草地上的一處石雕藝術品前面見面。花蓮縣政府每年都辦石雕藝術節，靠近文化中心附近的海邊或者七星潭海岸那些石雕像蘑菇似的到處生長。雖然說並不是非常難看的藝術品（相反地應該說非常優美），但是風格極端不統一的藝術品就真的好像種下去就不管的植物那樣隨便它生長，我想觀光客也沒有特別在意那些石雕。但是現在小仙特別殷勤囑咐的，那個土色的，底部是白色的，下半部有點像蚯蚓或變形蟲的石雕。

週日早晨八點鬧鐘響了以後，我刷牙、洗臉，仔細對著鏡子把鬍子刮乾淨（我的鬍子長得很快，差不多半天沒刮就看得到鬍渣了），然後隨便穿了件T恤、牛仔褲就準備出門了。

我出門的時候，大偉剛好睡眼惺忪地打開房門，他房間的窗簾是拉上，陽光好像很努力才從窗簾的縫隙中穿透一些微光到陰暗的房裡，透過那些微光可以隱約看到一個女孩子躺在凌亂的棉被下面還露出了大腿。

不知道是誰。不過也不關我的事。

我和大偉打了個招呼，他穿著藍色背心和綠色短褲問了一句說要出去啊，我點頭說是啊！然後他轉進浴室，我推開宿舍的門下樓。

騎機車沿著海邊的路尋找小仙說的那個石雕，那個石雕就在離花蓮文化中心不遠的地方。這裡離比較熱鬧的幾個街區有點距離，雖然沿海的風景很漂亮，但那些年民宿或旅行的風氣還沒有興盛，濱海的房子還沒有改建成各種造型誇張的民宿，都是低矮的水泥房子，一層樓或兩層樓高，在離那座石雕幾百公尺的地方有一家雜貨店，看起來就像每個偏僻村莊都會有的那種雜貨店，低矮的屋簷，掛著公賣局賣酒的白鐵招牌。店裡各種罐頭、零食、調味料或南北什貨都堆雜在一起，你會覺得非常混亂卻又覺得那亂中有序。可能像所有雜貨店相同的——各種氣味混雜在一起的雜貨店旁邊是一家花店，用粉紅色的招牌，白色的漆寫著「嘉卉花店」，招牌旁邊用白色假花和小燈泡裝飾了一圈，那可能是小仙所說她家開的花店吧。我提了事先說好要借給小仙的書站在石雕下面，就往那家花店的門口看，期待小仙會從那裡走出來。因為小仙沒有給我她的照片，所以即使知道聲音我也不知道她的長相，不過不管怎麼樣，只要從那一家花店走出來，年齡差不多看起來像高中生的女孩子應該就是小仙了吧。

雖然小仙在網路上的暱稱是「可愛到被退學——小仙」，但不一定模樣可愛到那種程度，也可能很醜也不一定。不過我一向告誡自己不能夠因外表對人產生偏見，因此即使小仙長得不好看或很胖也沒有關係。重點是她是喜愛希臘悲劇將來想要考到台北學校讀戲劇系的女孩子，而我只是要把一些書借給她而已。不能因為外表而交朋友。

「不能因為外表而交朋友。」這種觀念是什麼時候開始的呢？在我很小的時候（可能十一、二歲的時候），讀過《莊子》裡面的一篇故事。那篇故事講有個人旅途上投宿了一間客棧，客棧主人有兩個老婆，一個很漂亮，一個很醜，客棧主人比較喜歡醜的那個老婆。別人問他說：「你這個人真奇怪，為什麼會喜歡比較醜的女人呢？」客棧主人說，「漂亮的女人自己以為自己漂亮而驕傲，我就不認為她漂亮了。比較醜的女人知道自己的缺點而謙遜，我反而覺得這是非常好的優點哩！」

這個故事主旨是說不能夠自己以為自己是賢能的人，就太過驕傲。但我可能從這個故事受到莫名其妙的啟發。告訴自己，嘿，不可以因為外表而去跟別人交朋友噢！

暫時不管小仙的長相。我一直望著那家花店，可是眼看著約定的時間快到了，但是花店裡沒有人出來。我繼續注視著那家小店，一邊注視著花店的動靜然後轉頭眺望更遠附近的海，可能接近中午的時候連風也疲倦起來了，海風非常地微弱，若有似無的樣子。海面上白色的浪花和起伏的波形好像不知道累的小狗追著飛盤跑那樣，一直往岸邊推進。我稍微數了幾道浪以後，又朝那家花店看了一眼。

該不會臨時決定不來了吧。即使是那樣也沒有關係，因為不抱太大期望就不會因為失望而受到傷害了。這是我不知道從什麼時候開始就有的哲學——「不期待的保護紙」，就像郵寄東西包裹的氣泡保護紙那樣，如果心裡也包裹著那樣透明看不到的保護紙，那麼無論別人怎麼碰撞也不會受傷了。

不過這時有人用手指輕敲著我的肩膀。

「是瀚瀚吧？」

我轉頭過去看，一個笑容像夏天的可愛女孩子對我揮揮手，露出比陽光還燦爛的笑容。

「小仙嗎？」

「嘿，是我哇！等很久了？不好意思喲，臨時稍微化妝一下。」她停頓了一下語氣，低頭用手撫平了鵝黃色連身短裙上裙襬的縐褶，然後動了動腳，稍微低頭轉身，好像注意黑色的短靴上是不是沾到灰塵似的。然後她又說：「我看到有人遠遠提著一袋書就猜是你，你長得跟我想像的差不多。」

「是嗎？」

「唔，雖然眉毛有些粗，可是五官整體看起來很溫和，眼睛看起來很漂亮……該怎麼說呢？頑皮又摻雜一點點穩重的那種感覺，雖然說有些不協調，但我猜想你到三、四十歲以後會更帥的喲。」

「要到三、四十歲以後才會變帥啊！這不知道是褒還是貶。」我苦笑著。

「那你覺得我呢？」小仙輕拉著短裙繞了一圈，她沒有穿絲襪，但大腿非常光滑細緻。她用附帶兩顆紅色塑膠小球的髮帶綁了俏皮的馬尾，臉上粉撲撲的有些紅潤，不知道是化妝打扮的原因還是自然的健康膚色。

「很可愛，果然是『可愛到被退學』噢。」我說。

「嘿，那網路暱稱只是隨便取的啦！」她連忙搖手笑著說。

「真的很可愛啊，我是這樣認為的。」我說。然後我好奇地指著花店問：「妳怎麼不是從那間花店裡走出來，我以為那是妳說的妳家開的花店哪。」

她順著我的手勢看了那家懸掛「嘉卉花店」招牌的小店，然後啊地一聲說：「對啊，那是我家的店。」然後她比了相隔幾百公尺的一間兩層樓房子說：「但是我家是那個地方，本來我們住花店樓上的。不過因為空間太小，所以又在附近買了房子。」

「原來是這個樣子。」

小仙歪著頭看我手上提了一大袋書，然後把手指放在唇間有些疑惑地說：「你那些書通通都要借我？」

「是啊！因為妳說要好好瞭解文學。我特別選了好幾本書，有小說也有《文章論》這類介紹文體的書。」

她皺起了眉頭，她皺眉的樣子也非常可愛——

「聽起來好難的樣子。」

「只要努力看就可以看得懂了啊。」我說。

「希望是這個樣子。要不要先去吃飯，這附近有一家面海的簡餐店還不錯。」

「好啊。」我點點頭。

我問小仙要不要騎機車過去，指著路旁那輛我爸給我的舊機車。小仙搖搖頭，「不用，很近，走路就到了。」她說。

她走在前面，我提著一袋書走在她的後面，大約有二十本左右吧。我擔心裝書的塑膠袋因為重量而撐破掉，所以走了幾步路以後就改用抱著的方式拿。她不時轉過頭來看我，然後講了今天天氣蠻涼快的，又問了我以前讀高中的事。

「我讀的學校是天主教學校，是一個很無聊的地方。」我說。

「學校裡有女孩子嗎？」

「有，可是我們是男女分班，連去福利社買東西也得分兩邊排隊結帳。」

「嘿，想像起來那種情形真的有點好笑。」

「對啊！不過我是無所謂啦，因為高中的時候零用錢很少也不常上福利社買東西。」

「你那時候有要好的女朋友嗎？」她又回過頭看我。

「咦？啊？……沒有。」我搖頭。

「噢……」小仙轉過頭去，低著頭繼續走。

走了大約五分鐘左右，她轉進一棟五層樓高的大樓，然後要我跟著她進電梯，她按了五樓的按鈕，然後電梯門無聲地關起來，她抬頭看著電梯門上面的數字，然後問我平常都在做什麼。

「上網或看書啊。」我說。

然後我拍了拍手上那袋書說道：「這裡面其中有幾本我非常喜歡，都借給妳噢。」

她點點頭，然後五樓到了，電梯門打開。

是一間有點類似咖啡廳風格的簡餐店，兩面大片玻璃的落地窗讓陽光充滿了整個空間，藍色調的裝潢，鋁製的銀亮桌子，牆壁上大面積用俐落流暢的線條色塊畫出海洋、沙灘和沖浪板的圖畫，讓人感覺到啊這是沁涼夏天感覺的一個用餐地點。這時候還沒有正午十二點，大部分桌子都是空的，只有兩桌客人，兩個看起來像上班了一陣子的女人坐在靠窗的位置，一個大約三十到四十歲左右的男人則坐在靠近吧台的地方看報紙，一面吃義大利麵。

小仙帶我坐在同樣靠窗的位置，因為在頂樓視野很好。稍微轉頭就可以看到遠方的海，更北邊的地方則是花蓮港，有大型砂石輪船在那邊像心事停靠在某人身上那樣停靠著。餐廳裡播放輕快的水晶音樂，不知道什麼樣的曲子我聽不出來，但就像這家店給人的感覺一樣，是非常輕鬆愉快的夏天風格。

「這家店很棒吧，我和同學經常來。」小仙她說。然後她把放在鋁製餐桌上的菜單遞了過來，差不多都是焗飯、義大利麵，飲料就是綠茶、紅茶、奶茶、水果茶、咖啡之類的東西。有些料理則有附圖片。

「我強力推薦海鮮義大利麵或海鮮焗烤噢！不過你想吃別的也沒有關係……」

「那就海鮮義大利麵吧？」

我們都點了同樣口味的義大利麵，然後附餐的飲料她選擇奶茶，我選擇咖啡。等餐點送來的時候，她稍微翻了一下我借給她的書，是那種很輕鬆的翻閱。

「《安娜‧卡列尼娜》？好像很古老的書喲。」她盯著手上的書，然後讓我看了書的封面。

「十九世紀很棒的俄國小說喔，是托爾斯泰寫的。我很喜歡，這本小說的第一句話：『幸福的家庭都是相似的，不幸的家庭各有各的不幸。』真的是一針見血，不管家庭也好人也好，幸福的家庭或人都是處於相似的幸福裡，但是如果不幸的話，會有各種不幸的理由。」我喝了一口店員送來的玻璃杯裡的水，然後繼續說：「所有小說……唔，我想悲劇可能也是這樣的。所要描寫的就是各式各樣的不幸，即使是稍微細微的不幸或者痛苦到無法承受的那種悲哀不幸，因為那些悲哀才讓藝術有了價值。而且我覺得托爾斯泰的文字真的非常細膩……」

我接過小仙手上的書，翻了一小段《安娜・卡列尼娜》的文字給她看，並且告訴小仙說妳看哪，托爾斯泰的隨便一小段文字就把人物的心理、當時的環境和聲音，甚至氣味都描寫出來，而且妳看噢，不只是靜態的畫面，他的文字是動態的，是有時間性的。

當女服務生送來我們點的海鮮義大利麵時，我還繼續分析托爾斯泰的小說，妳看哦，托爾斯泰的時間感以及整個情節的線性關係是非常巧妙的，最重要的，妳可以發現人物的性格，是人物的性格在帶動情節喲！他的人物都非常寫實而細膩。

小仙點點頭，然後開始用叉子吃義大利麵。她的習慣是用叉子把義大利麵捲成一小團然後再送入口中嚼著。她不斷重複做這樣的動作，然後好像感覺我說的有點艱澀而皺起了眉頭聽我說話。

我甚至把一本魯迅所寫的《中國小說史略》也借給了她，我對小仙說，中國的小說發展跟西方小說非常不一樣唷，中國的小說是從「街頭巷語」的道聽塗說演變而來，有點類似像我們現在的閒聊……如果有相對「小說」的「大說」，那「大說」就是儒家聖賢經典的言論了。所以中國古代其實是很輕視小說的。

我們一面聊文學一面把義大利麵吃完，然後坐著看遠方藍色的海和天空，臉圓圓的女服務生把我們點的飲料送來，小仙說她得回去幫忙看店，飲料沒喝幾口就要服務生打包提回去。

她要付帳的時候我說我付就好了。她說那麼下一次由她來請客，很不好意思得先回花店並且說我可以悠閒地在這邊喝咖啡看風景。

我點點頭然後兩個人互相說了再見。

她就提著那一大袋的書，顯得有些費力地進入電梯消失在我的視線。

4.

大概半個小時以後我喝完咖啡，走到櫃臺結帳然後下樓。

從學校騎機車到花蓮市區的海邊來大約要四十分鐘，說起來是一段蠻長的路途，看時候還早於是不想那麼早回去。通常可以選擇到二輪電影院裡去用非常便宜的價格看幾部電影或者到海邊去看海，七星潭或北濱。但其實這家餐廳就在北濱附近，而且在這個靠窗的位置坐了一個多小時，看那湛藍得發亮的天空或海都覺得眼睛有點疼。

因此海邊或電影院的選項就去掉了。最後我決定到書店去看書，那時花蓮的書店很少，就花蓮同學推薦光復街上有一家書店的書還算齊全，我通常到市區消磨時間就會到那邊去看書，然後買一、兩本書到茶舖去待上幾個小時。

有時候也會遇到系上學長姊或班上的同學也去逛那家書店，那時候我們會點頭打個招呼然後像小熊在森林裡採集蘑菇那樣地安靜地去尋找自己喜歡的書籍。

我大概在兩點鐘左右騎機車離開那家濱海的頂樓餐廳，經過市區最繁華的中正路時，看見穿著防風外套的陳大偉剛在路邊停車格停下機車。於是我把機車靠近路邊在他旁邊停了下來。

「嘿，大偉，你今天一個人，沒跟小婷、倩倩、文瑜、秀慧、亞君、燕青、美麗、小芳、美玲、喬喬、慧如、小妮、嘉君、小婷、倩倩出來約會啊？」

「喂、喂，你太誇張了。」由於花蓮市很小，熱鬧的地方說不定比西部一個村子更小，因此假日時在市區遇到同學並不是什麼特別稀奇的事。陳大偉沒有露出特別吃驚的表情，只是抓抓自己的頭髮，然後瞪著我說：「有一些女生的名字是哪裡冒出來的？我哪裡有那麼多女孩子可以約會，而且你剛剛把『小婷』和『倩倩』重複唸了兩遍吧。」

「咦，這樣也給你發現啊？」

「關於女孩子的興趣、生日和名字，是無論如何都得要注意的啊！這是確保戀情幸福的三大基石。」大偉拍拍我的肩膀語重心長地說道。

「受教了。」我說：「你真的一個人出來啊？」

大偉點頭說：「對啊！來買牛仔褲，之前的牛仔褲褲縫裂開了，因為穿了很久所以想買新的，如果帶女孩子來，她們會有很多意見。」

「看來你很多經驗。」

「你呢？也是一個人還是跟誰出來。」

「剛跟一個朋友見面。」

「是哦？你等等要做什麼？一起逛街？」

「好，反正也沒什麼特別要做的。」我點點頭，然後大偉幫我挪開機車讓我能把我的機車停在他的機車旁邊。

我們從中正路走進大禹街的巷子，這是花蓮市區專門賣衣服的地方，整條街幾乎都是賣衣服的店，假日時候不論白天或晚上這裡都非常熱鬧。很多年輕學生或情侶都會來這裡逛街看衣服。

走在大禹街上，我和大偉遠遠就注意到隔幾個店面有一家服飾店人潮洶湧，大部分是男生（應該說通通是男性沒錯）擠在店面彷彿二戰電影集中營裡戰犯互相推擠著領取玉米汁之類的食物那樣。

那家店門口有個長頭髮化濃妝的年輕女孩站在一個白色的台階上，她穿著黑色露肩T恤，胸部非常豐滿，衣襬的地方綁起來露出纖細的腰部，穿著一條相當短的白色迷你裙。她拿著麥克風在矮階上說：

「蓓蓓今天是『TOKYO SNOW』的一日店長喲！只要到店裡買T恤或牛仔褲就能和蓓蓓我合照，而且今天蓓蓓店長宣布所有店裡的衣服都打九折，相當划算呢！」

陳大偉瞇著眼睛看那個女孩子好一會兒，我都幾乎以為他要發揮魅力去搭訕了，他才對我說：「阿瀚，怎麼樣？我去那家店買牛仔褲，把合照機會讓給你。」

我搖搖頭說：「為什麼要做那種無意義的事，我又不認識那個女生，直到她剛剛說自己叫蓓蓓，我才知道怎麼稱呼她咧。」

「跟正妹合照呀？」

「我不懂為什麼要跟不認識的正妹合照。」

大偉一邊看著附近店家賣的牛仔褲，黑色的，有抓痕的，穿著牛仔褲的假人模特兒褲管旁邊還放了一雙軍靴，整套看起來應該相當帥氣的樣子。大偉抓了褲管看了一下，然後對我說：「和美麗的事物合照不好嗎？」

「雖然美術館或文化中心裡面展覽的圖畫好像不能拍照，不過像花蓮北濱啦、七星潭也有很多漂亮的石雕，怎麼沒看到這些男生搶著去跟那些石雕拍照，為了跟正妹拍照而買衣服、褲子啦這種事我怎麼想都想不通。」

「阿瀚，你這種想法我不是不能體會啦，可是你對漂亮的女孩子難道那麼不屑一顧嗎？」大偉拍拍我的肩膀，又看了另外一條白色，然後好像要往那家名為「TOKYO SNOW」走過去。

「也不是這個樣子的。如果是自己喜歡的人或女孩子，當然會想要合照什麼的，或特別了不起的作家。例如馬奎斯、奧罕•帕穆克之類的，我也想跟他們合照，但如果只是因為美麗而已就特別喜愛，那不論女孩子怎麼漂亮都比不上七星潭的海浪和鵝卵石啊！」

陳大偉重重敲了一下我的頭。

「你最好別在任何女孩子前面說這種話。」

「我知道，可是……」

「還有女孩子的心思是非常細膩的，她們跟我們是截然不同的生物喲！」我們走過那家蓓蓓當一日店長的「TOKYO SNOW」服飾店，大偉繼續講著：「不管是哪個女孩……或那個站在台上好像把男生當傻瓜一樣戲弄的一日店長蓓蓓也好，她們都需要人哄著，首先，你得稱讚女孩子漂亮，而且不論如何打從心裡愛女孩子的外表，無時無刻都想盡方法去讚美她們的臉或身體，這樣子女孩子們才會喜歡你。因為女孩子們就是以為外表等於一切的生物啊。」

「我不是不能體會你說的，只是現在不想這麼做。」我對大偉說道。

陳大偉沒有再說什麼，他花了一些時間選了一條灰色雪花斑點樣貌的新潮牛仔褲，花了八百七十元買下來。然後我們一起去吃冰，接著他問我要不要去逛書店，我說好。

他在書店買了一本教人怎麼創作符合古典詩格律的詩那種書。我什麼也沒有買。

然後我們各自在市區買了特價的池上便當就騎機車回宿舍。

回到宿舍我一面啟動電腦主機的電源，一面把便當的木盒打開，然後轉頭看書架上的書，雖然借給小仙將近二十本書，但我的書架上還有不少書。有馬奎斯的《百年孤寂》、奧罕．帕穆克的《純真博物館》，也有怎麼看也看不完的《追憶似水年華》。托爾斯泰的《戰爭與和平》、《哈吉穆拉特》、《哥薩克》，也有杜斯妥也夫斯基的《卡拉馬佐夫兄弟》。我也借給了小仙卡夫卡的書，但卡夫卡的《蛻變》還好端端地擺在我的書架上，因為我猜小仙不會喜歡主角變成大蟑螂的故事。

我轉頭看了那些書一會兒，突然想到我除了上課的課本外好久沒有讀中國文學了。所以決定從書架上拿了翻譯本的《詩經》來讀，又想到冰箱裡還有一些啤酒。

於是到房間外面的客廳拿了一罐啤酒回來。用電腦播放音樂，聽早安少女組輕快的舞曲，一面吃便當、喝啤酒，然後翻開《詩經》〈衛風〉的篇章。

把便當吃完以後，發現小仙上線了，在BBS的使用者名單上，她的動態是寫信中，我想等一下再跟她打招呼好了，順便問她開始看我借給她的書了嗎？

我是很喜歡托爾斯泰的，但是我身邊的同學大多是不小心因為分數可以讀中文系就讀中文系了，也有一些真的很喜歡文學，但只限於中國或台灣文學，或者只是喜歡寫東西，對於課外的書籍一點興趣都沒有。因此我很希望能認識一個也喜歡托爾斯泰或卡夫卡的朋友。

我把啤酒喝完以後走出房間，看到陳大偉房門開著，他正在看今天買回來的書，然後他似乎感覺到有人站在門口，於是看到我拎著空啤酒罐他就說晚上要開始練習寫古典詩，寫好拿去給「古典詩選」這門課的老師批改。

「古典詩選」是我們中文系一年級的必修課，「我覺得那個老師非常嚴厲，有著橫肉的臉，經常上課捲起衣袖露出粗大的手臂，看起來有點像流氓。如果是我的話，我不太想會去找他。因為雖然我喜歡文學可是我只想讀自己的書吧，不會刻意想當一個好學生。所以對老師這種人物，能夠盡量遠離就遠離一點比較好。」我說。

「難道你不想考研究所嗎？」陳大偉問我。

「我不知道，到時候再說吧。」我回答他。

我們又聊了幾句，然後我把空啤酒罐丟在冰箱旁邊的垃圾桶又走回房間。移動鍵盤檢查了BBS視窗的使用者小仙狀態。

小仙已經下線了，但BBS系統通知我有一封新信件。

是小仙的來信，為什麼小仙上線沒有找我而是寫信給我呢？從那天她跟我打招呼開始，她從學校放學回家都會上線找我的。我想到是不是我的外表她覺得不滿意。在那個網路看照片還不太方便的年代，很多人在網路上交了朋友等到見面發現對方長相不如自己想像的那樣就會和對方斷了聯繫。

雖然小仙還有寫信給我，但她並沒有像以前一樣回家立刻在BBS的使用者名單查詢我在不在線上，這讓我有些受傷。

我移動鍵盤的方向鍵去選取閱讀小仙的信。「哈囉，你到家了嗎？今天本來很高興見到你的噢。還特別穿了我覺得最可愛的衣服。」小仙這樣寫著：「你雖然也有稱讚我可愛，可是今天我有點失望。」

小仙失望什麼呢？看到這裡，我從椅子上站起來，決定走到冰箱再拿一罐啤酒，然後再回來看信。經過陳大偉的房間時，他還在寫他所謂的古典詩，我問了一句他要不要喝啤酒，他說好，但他自己有在冰箱冰自己的海尼根，叫我幫他拿一罐。

我點點頭，從冰箱拿了一罐台灣啤酒、一罐海尼根出來。

走進陳大偉房間的時候，他的手機鈴聲響了，是小婷、倩倩或者是外文系學姊之類其中一個女生打的吧。我默默地把啤酒放在大偉的桌上，桌上除了那本今天剛買的書外，還有一本有點舊的《唐詩三百首》以及一本筆記本，大偉已經用藍色的原子筆在筆記本上寫了很多類似古詩的句子。

陳大偉一邊講電話一邊看著我揚起手來做了感謝的動作。我點頭回應著然後回到我房間，重新拉開我電腦桌前面的椅子坐下，打開啤酒喝了一小口然後繼續讀小仙的信。

我很失望不是因為你長得不好看。瀚瀚，你其實很帥的喲，不必等到三、四十歲就很帥了。跟我想像的一樣，你是很有氣質而且感覺很溫和友善的男孩子。不過即使你站在我前面，我還是覺得就像隔著一條網路線跟你說話似的。

為什麼會這樣呢？瀚瀚。

你知道嗎？我喜歡讀東西也會用可愛的小筆記本寫些什麼。可是我並不是真正想讀什麼托爾斯泰啦卡夫卡甚至感覺起來就非常無趣的文體論。

我向瀚瀚你借書，只是想知道平常在電腦那一端的你都在做些什麼呢？在看什麼書或者因為看了什麼書才能寫出那樣的文章。

雖然你總是說自己寫得不好，不過我們還年輕，即使沒有什麼托爾斯泰那麼棒又有什麼關係。十九世紀的托爾斯泰或不知道什麼時候的卡夫卡跟我們又有什麼關係。我不是在跟托爾斯泰一起在海邊的餐廳吃飯好嗎？

在吃飯的時候，你總是一直提到他們兩個人（也許你也提到了別人但我記不起來了也不想記那麼多）。不管怎麼說，瀚瀚你不是國文老師或英文老師而我也不是你的學生啊，你可以不必跟我講那麼多有關文學的東西。

雖然我是因為藉由你的「文學」而認識你的，可是「文學」不是也不可能是我們的一切喲，難道你還不懂嗎？我們在網路上或電話裡聊天的時候，多半聊我今天上了什麼課，或者我朋友小慧今天說了什麼話。你告訴我關於你上課文學院的風景，從文學院走廊眺望遠方鯉魚山飄過白雲的景象，或者更遠的地方低矮的就像鄰家圍牆的海岸山脈幾乎和天空的顏色融合在一起了。你也可能說今天在你們學校湖畔餐廳有人在飯裡吃到一隻蟑螂這種噁心的事情。

瀚瀚，你覺得這些是文學嗎？這些只是生活，只是生活好不好。只是你的生活，我的生活。我們的生活透過文字語言聯繫起來了，只是這樣而已。

我不需要也不想要隔著「文學」的玻璃窗那樣看著你。我只想好好瞭解你，知道你說話的樣子，走路的樣子，陽光曬在你的額頭或鼻尖的樣子，知道你呼吸或嘆氣的樣子，知道你微笑的樣子，知道你走在馬路上看到一顆小石頭究竟會踢它還是繞過它，知道你今天穿什麼樣的衣服又吃了什麼樣的食物。

這一切的一切都跟托爾斯泰或卡夫卡無關。

如果可以，我想罵你一聲：「大笨蛋。」

就先這樣子了，我要去睡覺了。我今天不想跟你說晚安。再見！

即使看完了這封信，我還是把視線停留在電腦螢幕上好一會兒。小仙她到底在想什麼呢？她說過她喜歡戲劇，是西方的那種戲劇噢，尤其是〈伊底帕斯王〉的悲劇，可是小仙也說過她想要多接觸一些文學，小說啦詩什麼的因此想要我借幾本書給她。我特別選了好多書借給她啊，也很熱情地跟她講有關文學的事。

說起來我很少跟別人講那麼多話呢。

我的同學除了陳大偉外，很少跟我聊文學話題能夠聊得來的。

班上是有些「文藝少女」的女同學，她們也喜歡讀些現代文學，書架上擺了一些散文家、小說家的作品，有的女孩子寢室書架上的每一本書都細心地用書套保護得好好的。但她們聊些什麼呢？

像一群小麻雀嘰嘰喳喳似的討論下課後要吃什麼，假日時要去哪裡玩。可能在我看不到的地方她們才會讀書吧。

我以為小仙和其他女孩子不同，是那種談起〈伊底帕斯王〉會眼睛發亮的女孩子，我也希望她能夠喜歡卡夫卡。雖然這兩種事物的關聯性可能不是非常地大。

可是她到底在氣什麼呢？

我完全搞不懂。如果她不喜歡讀書的話，為什麼要跟我借書呢？

我抓亂了因為剛洗頭還有些潮濕的頭髮。嘆了口氣，我想也許可以去問陳大偉，他一定知道的，但說不定他會把我的事善意地和眾多女朋友們當成聊天話題地那樣談論，我可不喜歡這樣。

我反覆看了那封信幾遍，如果小仙不喜歡托爾斯泰那就別喜歡托爾斯泰吧。就像陳大偉也不喜歡托爾斯泰，他說十九世紀的俄羅斯跟我們有什麼關係呢？如果只是小說的話，他更喜歡十九世紀的倫敦。

我知道他指的是十九世紀的福爾摩斯，我當然也很喜歡福爾摩斯了。每個男生在還是小男孩的時候就會喜歡福爾摩斯了呀。

只是我不覺得小仙也會喜歡福爾摩斯就是了。

我想打電話和小仙說話。平常她爸媽都在花店裡工作，小仙是獨生女，打電話到她家都是她接的，不過現在這麼晚了，她爸媽可能在家裡了，而且小仙得早起上學，我想隔天再打給她好了。

隔天晚上六點左右，我在學校餐廳吃過飯以後，就在餐廳外面的公共電話打給小仙。電話響了十幾聲小仙來接電話了。不過她一聽到是我的聲音原本可愛的聲音就變得冷淡。

「我還不想跟你說話。」

「不論什麼事我都很抱歉，我不想讓妳生氣的。」

「你知道我在氣什麼嗎……」

老實說，我可能有點知道卻又不知道小仙真正在生氣什麼。這種感覺就像明明知道有個地方叫玉山主峰或北大武山在哪裡，但如果沒有地圖或沒有人帶的話，根本不確定怎麼去呀！

如果只是講小仙討厭托爾斯泰的小說那樣又有點奇怪。即使沒辦法接受托爾斯泰的小說，也不可能提到托爾斯泰就生氣那個樣子。

我楞了一會兒，小仙喀嚓一聲掛掉電話。

雖然生活上沒有跟小仙聊天也沒什麼，我依舊早上起床喝咖啡，偶爾在宿舍外面停車場看晨霧還沒退去的遠方風景，然後到福利社買早餐，去文學院上課，有幾堂通識課是在理學院上的，那麼就到理學院去上課，如果下課了剛好是用餐時間，就到離理學院比較近的湖畔餐廳吃飯。

有時吃白飯配兩道菜，有時候吃炒麵。

回到宿舍的時候依舊會打開電腦播放音樂，不一定聽早安少女組的歌，那時候也喜歡聽一些西洋的舞曲，那種低音快節奏的舞曲。陳大偉說這和我的個性實在不太符合，我是那種喜歡一個人看書安靜的人，也許比較適合藍調爵士或者鄉村歌謠，不過那有什麼關係。我就是喜歡快節奏的曲子讓音樂拖著我快沉到水裡的靈魂爬起來。

我就是這樣過了五天，星期五晚上的時候，我一面喝咖啡一面讀《洛陽伽藍記》，那是一本記載北魏已經被毀壞掉寺廟的書，兼描寫當時北魏首都洛陽的風土民情，因書裡頭很多佛教的名詞讓我覺得有點困惑。

小仙這時候上了我們學校的BBS，並且傳了訊息給我：「嗨……」

「你好。」我回覆她。

「深切反省過了嗎？」

「反省過了。」我說。

「明天下午一點半，松園別館見。」她說。

我發楞了一會兒想說什麼，小仙她已經下線了。

雖然小仙沒有問我週六有沒有空。但我週六、日通常都很空閒。主要沒有學校規定要修的課程，大多睡到自然醒過來，有時可能早上五六點就醒來了，有時是十點十一點，但不論如何都無所謂，時間是我自己安排的，我通常起床以後刷牙洗臉（假日的早晨不一定會刮鬍子），然後看書、聽音樂，瀏覽網路新聞或者搜尋自己有興趣的關鍵字，那個年代還是許多人會利用網路製作個人「Home Page」的年代，雖然即使以善意的眼光來看那些資訊不是非常豐富，但可以瀏覽很多重度網路使用者製作網頁的風格。

有時我也會上圖書館去消磨時間，憑自己興致抽一本翻譯小說或從精裝本《二十四史》中的隨便幾本，就放在桌上隨便翻閱。有時則會借圖書館裡的CD或VCD，利用館內的視聽設備打發時間。

我就是在那個時候看了很多歌劇，也聽了好幾場維也納或柏林愛樂管弦樂團的演奏會。不過不管是在房間看書或去圖書館溜達這種事，都可以依照自己的喜好或有沒有更優先的事情來決定怎麼安排時間。所以既然小仙約我，那就比把自己關在房間裡看書做什麼或上圖書館更重要。

隔天早上十點左右我起床，先讀了幾篇詩經，讀：「綢繆束薪，三星在天。今夕何夕，見此良人。子兮子兮，如此良人何。」大概是《詩經‧唐風》裡頭的詩，也讀了其他的。然後才拖著腳步到浴室去刷牙洗臉和刮鬍子。

浴室裡兩個人在淋浴間裡洗澡，蓮蓬頭噴水下來的聲音嘩啦啦的。我嘗試叫了一聲誰在裡頭洗澡啊，是大偉和一個數學系的樓友，他們一大早就出去打籃球剛剛才回來。大偉邀我隔天早上去打球，我說我寧可多睡一會，他說趁年輕的時候應該培養一項運動的興趣，我想大偉的話是對的。不過我不會喜歡那種需要團體才能進行的活動，走路、登山或者柔道什麼的比較適合我。我一邊刮鬍子，然後停下來對大偉和那個數學系的樓友說話，然後繼續刮鬍子。

刮完鬍子以後，他們還在洗澡，我就先回到房間了。又看了一點書之後，決定聽點什麼音樂轉換心情，於是就找了莫札特〈魔笛〉的CD來聽，但聽完序曲以後我就決定換衣服到市區去吃午餐了。

小仙和我約下午一點半，所以我只好一個人吃午餐。

那些年我喜歡中華路上的一家「中華炒飯」，大約一盤炒飯在七十到九十元之間，以當時的物價來說是有點貴，可是炒飯非常入味，淋蓋上青椒牛柳、沙茶雞肉、麻辣羊肉等多樣口味食材組合的配料，我想直到我大學畢業都不會吃膩。

吃完午飯以後，我逛了一會兒書店，想買漫畫書但心想等一下要和小仙見面於是就算了，然後走到三商百貨二樓去吹冷氣，看了一些可愛小檯燈、相框和筆筒之類的小東西，最後發現時間快要到了，於是就騎機車到花蓮市郊區的松園別館去。

那裡是一處日據時代的庭園，在可以看到花蓮海邊和紅色燈塔的地方。

主建築物是兩層黑色屋簷的建築，據說這裡以前是日本軍官駐留生活的地方，但現在看起來像古老電影中學校或修道院那樣的房子。最漂亮的應該是庭院裡幾棵差不多三、四層樓高的松樹，夏天的時候在草地上散步，聽松針被風吹過發出海潮般的聲音，或者快到冬天的時候一邊眺望清冷的太平洋一邊彎腰在草地上撿拾松果都有一種悠閒的雅致。

那時候的「松園別館」是一個開放的公共空間，類似公園那樣子的地方。

雖然詳情我也不太清楚，但就是一個大家都能夠去的場所。

我把機車停在松園別館前面的小徑上。在下午一點十五分左右我穿過松園別館那道看起來總是半開著的鐵門走了進去。因為還是接近正午的用餐時間，高大的松林庭園裡的遊客並不多，有兩個看似從很遠的地方來這裡玩的女孩子興奮地擺出各種姿勢幫彼此照相，有一對情侶安靜地繞過松樹走到屋子後面去了，我知道屋子後面有一小片水池，是不同於前面松樹林的幽靜氣氛。

有個女孩子孤伶伶地坐在樹幹釘成的長椅上一面吃麵包一面望著遠方的海，那一天海的顏色很淡，幾乎和澄澈的天空有相同的顏色，有一道長堤像讓太平洋受傷的刀刃那樣穿過海的邊緣，一座低矮寂寞的燈塔立在長堤的盡頭。

我很快地從背影發現到那個女孩子就是小仙，她雖然鬆垮垮地用綠色髮帶綁著頭髮和那天不一樣，但那纖細的肩膀和腰還是讓我認出是她，她今天穿著粉紅色附有兜帽的薄外套，藍色的牛仔小短褲，安靜地將麵包撥成一小塊一小塊地，像小松鼠那樣地把小塊麵包塞到嘴巴裡慢慢嚼著。我走到她旁邊坐下來，她被太陽照得有些發紅的臉上冒出細微的汗珠。

「等很久了？我沒有遲到噢。」我說。

「嗯。」她點點頭，把麵包剝了一半給我。我默默接過，但沒有吃。

然後她彎腰拿起另外一邊的礦泉水瓶，扭開瓶蓋喝了一小口。

「這裡風景很好。」小仙她說：「從我家走到這裡只要二十分鐘。」

「妳經常來這裡嗎？」

「很少囉，高三以後得多花點時間準備考試才行。只有心情很不好的時候才會來這裡。」

「對不起。」我說。

「對不起什麼？」她轉頭看我，用她那清澈的眼睛注視我的眼睛。

「我會好好說話的。」

她把手上剩下的麵包一口氣塞在嘴巴裡，然後看我手上拿著麵包。

「你不吃嗎？」她因為嘴裡嚼著麵包，有點含糊地說道。

「我吃過了。」

「那還我。」她用沒有生氣的聲音說道。然後伸手拿走了麵包，撕成了兩塊，然後分兩次放到嘴巴裡。

小仙把麵包吃完以後，又喝了兩口水。

我靜靜地坐在她旁邊看她吃東西，然後風吹過我們頭頂上的松樹，從樹梢掉落了幾根松針到前面離我們幾公尺的草地上，有一隻松鼠從小仙左邊的地方安靜地跑過去，然後又爬上另一棵松樹。

小仙喝完水以後，好像用很大的力氣把寶特瓶的瓶蓋拴緊，然後放進她身邊的粉紅色人造皮大包包，那包包的顏色和她外套的顏色非常搭。我這樣稱讚她。

她笑了，笑得非常好看，就像早晨的陽光照映在露水未乾的花瓣上那樣。然後她又板起臉不說話，皺起眉頭看遠方的海，我不太確定她究竟是看海還是燈塔，或者比較近的地方那座紅色拱橋。

然後她突然站起來牽著我的手，往松林後面走，我們這樣牽著手在夏天中午過後的松林裡散步，陽光有點熱但沒有到讓人受不了的地步，四周都是蟬鳴叫的聲音，非常吵雜，從遙遠太平洋吹過來的海風帶著鹹味用有節奏的方式吹過我們的頭髮和臉，把小仙頭髮的馬尾吹出了一種讓人覺得非常放鬆又覺得好看的形狀。

小仙走得很慢，只比太陽的光影在草地上移動那樣的速度快一點，所以我也配合她走得很慢，因為走得慢我可以側著臉注意小仙的表情，她的眼睫毛很長，陽光把她的睫毛照出了影子出來，鼻子小小的非常可愛，不過接近粉紅色的嘴唇緊閉著，不知道在想心事還是依舊對我生氣。

因為她沒有說話，所以我也不敢說話。就這樣牽著手慢慢地在草地上走著，從一棵松樹繞過了另一棵松樹，小仙腳上穿的是黑色發亮的短靴，我穿褐色休閒鞋，不論哪種鞋子都不會在草地上踩出聲音。所以除了周圍非常吵的蟬叫聲外，只有風吹過松葉的聲音。

無論小仙是否還在因為我不知道的事情生氣，這是一個非常祥和、閒適和安定的下午。我想。

我心想應該再說些什麼讓小仙感覺起來高興點，可是我不知道該說什麼。如果大偉在這邊的話他應該會給我什麼建議吧，但他不可能在這裡，我想了半天不知道該跟小仙說什麼，所以我繼續保持沉默，讓蟬聲、陽光和風搖晃過松樹枝葉的景象充斥在我們之間。

我們慢慢繞過了最後的松樹，走到建築物後面來，那裡靠近牆壁的地方長了一大簇姑婆芋。小仙停下腳步，然後旋轉腳尖抬起頭用非常認真的眼睛看我，好像在美術館裡面用非常仔細的目光觀察藝術品的美術系學生那樣，她的臉靠得我非常近，我能隱約在她瞳孔裡看見我倒映著的身影，也能夠感受她輕而平緩的呼吸，然後她突然踮起腳跟更貼近我，捧著我的臉用力地吻下去。

彷彿呼應她似地——

我也抱住她柔軟的身體，她整個人都放鬆了，好像非得抱住她才行，不然她會輕得被風吹走或不知道跑到哪去。我們的嘴唇相接，用舌尖試探彼此。她的呼吸急促起來，也能感覺到她的臉開始發燙。起初我們兩個人都非常笨拙，好像剛開始學騎單車那樣僵硬害怕摔倒的姿勢，兩個人為了維持彼此的重心，說是擁抱對方不如說攙扶對方那樣。

「唔，不要讓我跌倒喲。」她含糊地用非常嬌柔的聲音說。

那是非常棒的吻，像那一天在海風味道裡閃爍的陽光那樣耀眼，多年以後我還能夠記得。接吻之後我和小仙的手牽得更緊了，走路的時候她不時轉過頭來看我，我也會歪著頭看她，然後她笑了，問她在笑什麼她卻搖頭什麼也不說。

我們這樣約會了好幾次。

有時候從她家附近走到海邊，有時走到松園別館，但不一定是看海，有時也會走好一段路，從濱海公路走到中華路或中正路上，看一些便宜衣服或小飾品的店，逛書店，她喜歡在書店的二樓看可愛封面的筆記本，或者買可愛的原子筆或小貼紙之類的東西。

有時也會去看電影，買沾醬雞排和飲料進去，有一次她頑皮地說我們買臭豆腐進去好嗎？那時候花蓮的電影院並不禁止攜帶外食，我們還真的帶了兩盒臭豆腐進去，在戲院黑暗的角落努力在別人抱怨氣味之前把它吃完，然後兩個人相視露出頑皮的笑容。

不過每次我問她借給她的那些書看完了嗎？她總是搖頭說不想談這個。

我們約會見面不是星期六就是星期日下午，因為星期日早上她要和同學一起去補習，她只補了數學一科然後偶爾也會抱怨為什麼要考數學呢，戲劇系根本用不到非常困難的數學啊。

「這點我也不知道，中文系也用不到數學英文或者地理之類的東西。可是一年以前我也是很努力地讀這些東西。」我說。

有一次星期日下午她問我可不可以去她家的花店。

我問為什麼？

她說那天爸爸媽媽要到台北去喝親戚家的喜酒，晚上的喜宴。因此她媽媽說如果可以的話希望小仙從補習班下課以後能夠回家幫忙看花店。

我點頭說好，我去陪妳。

我想應該要帶點什麼東西去給小仙。通常約會的時候送女孩子花是最安全的，可是小仙自己家裡開花店而且要我陪她看店，如果再去別的花店買玫瑰、海芋之類的花束送給小仙會覺得非常好笑。說不定她會叉著腰說都去買花了怎麼不來跟我買這樣我可以算你便宜一點喲，而且還能增加店裡的營業額。

送花給小仙不管怎麼想都覺得奇怪。就像理工科男孩子送一首情詩給中文系女孩，或者建築系男生用五音不全的嗓子唱一首情歌向音樂系女孩告白那個樣子。

所以後來我在學校的書店買了A4大小的可愛小熊筆記本套、好幾枝筆端有公仔的原子筆和有史奴比圖案的講義夾——因為我知道小仙特別喜歡這些可愛的文具用品。

那天小仙把頭髮放下來，她那時候的頭髮差不多留到肩膀下緣一些的地方。因為頭髮放下來的緣故所以看起來比較沒有那麼俏皮，反而有些端莊。我走到花店裡的時候，看到她繫著一條綠色的圍裙正在工作桌前面揀選粉紅色的玫瑰花，好像把稍微枯萎或綻開得過盛的花朵稍微處理一下。她圍裙底下穿著一件淺藍色像花蓮海邊天空顏色的細肩帶上衣，和一件非常短的牛仔短裙，腳底下踩著一雙白色拖鞋。

她看到我去相當高興，順手遞過來一枝粉紅色的玫瑰花。

「送你。」

「送我花？這有點奇怪耶。」我接過花，然後和我要送給她的可愛文具一起還給她。

她歪著頭檢查我拿給她的東西，把花放在工作桌上，眼睛發亮起來說好可愛的講義夾。她把文具拿在手上玩耍了一會兒然後放在一邊，她說：「我得先把一些花瓣挑一下然後放回去。」她指著店內靠近牆壁的一張鐵桌，那附近有架電視正播放著重播的綜藝節目：「可以坐在那邊看電視。」

「需要我幫忙什麼嗎？」

「嘿，那你拿噴水器澆花好了。」小仙指著放在工作桌另一端的噴水器。

我澆完了花然後幫忙掃地了一下，因為有兩個客人來店裡買花，小仙忙碌了好一陣子，因為包紮花束我完全幫不上忙，因此就坐在那張鐵桌後面，我發現我借給小仙的書都放在桌上，於是拿起了一本來看。

小仙包紮好了其中一束花，單純的用紅玫瑰和滿天星的小碎花以及綠色的植物裝飾，然後選了幾張適當的塑膠包裝紙包紮起來把花朵遞給那個男客人，對方給她一張一千元鈔票，她拎著鈔票走回來，打開鐵桌上的收銀機找錢，然後問我要不要喝啤酒，店後面的冰箱裡有喲！

「妳成年了嗎？」我問。

「謝謝光臨。」她把錢找給對方，彎腰挑選下一個客人需要包紮的花束，一面回答我：「生日快到了喲，不過我家沒有管那麼嚴，稍微喝酒沒有關係啦。」

我沒有喝酒，不管小仙成年了沒有。因為她在工作的關係應該沒辦法喝酒，所以我想我最好也別在店裡喝酒會比較好。我繼續讀托爾斯泰，然後沒注意到小仙已經忙完了，她走到我身後來直到用手摟著我的頸子我才發現。

她用臉頰貼著我的臉，然後用有些不高興的聲音說又在看書。

我沒有說話只是放下書本親了她一下。然後她坐在我腿上回吻我。

我們接吻的時候又斷斷續續來了兩個客人，她每次都很不好意思地拍拍圍裙然後臉紅著去招呼客人，送走了第二組客人以後她乾脆把鐵門拉下來說今天的業績應該這樣就夠了。

「生意好像很好啊。」我說。

「假日好一點而已。」

小仙把健美的雙腿跨坐在我腿上，捧著我的臉仔細看我，然後我們重新開始接吻並且熱情的擁抱對方，然後一不小心椅子往後仰，我們兩個人跌坐在地上，不過這並不妨礙我們用舌頭試探對方的溫度。

這樣專心地親吻對方彷彿一年之久，小仙才趴在我身上嘆了一口氣。然後她把耳朵貼在我胸口，聽我心跳的聲音。

「你心跳好快。」她說。

「那是當然的呀。」我回答。

然後小仙她仰頭像一隻可愛的小狗那樣看我：「你吃過了嗎？」

「吃過了。妳呢？」

小仙點點頭沒有說話，然後用手隔著我的牛仔褲撫摸我的陰莖，因為和小仙擁抱接吻的關係，那個地方已經非常硬挺。

我把小仙的圍裙解開，同樣隔著她的衣服撫摸她的胸部，另一隻摸到她的裙底，小仙穿著非常輕薄的內褲，而且我的指頭已經感覺到內褲有些潮濕。

她的手也在忙著，解開了我牛仔褲的鈕釦，拉鍊滑開以後，她直接伸到我褲子裡撫摸我堅硬的像石頭一樣的陰莖。她的手非常細嫩，握著我的陰莖笨拙地搓弄著，感覺相當舒服。

我們一面在地上接吻，一面用手指頭探索對方身體的每一個部分。我小心翼翼地用一根手指頭滑過她相當濕潤的陰道。然後她把自己的內褲脫下來了，那是一條白色半透明的小內褲。

「想吃掉我嗎？我是第一次噢……」她臉紅害羞地貼在我的胸膛，然後用蚊子般的聲音說：「我從爸爸媽媽房間偷了一個保險套，我知道他們有用保險套的習慣。」

她伸手從圍裙口袋裡窸窸窣窣地找到一個沒開封的保險套。

看了那只保險套一眼，我用力抱住小仙然後鬆開，嘆了口氣說：「不行啊！妳還沒有成年吧。」

「可是我生日快到了啊，在家裡我爸媽也會讓我喝啤酒。」

「做愛和喝啤酒不一樣啊，而且妳有那麼快想跟我結婚嗎？」我說：「妳甚至還沒上大學。」

「結婚？」小仙抬頭急速地眨眨眼睛，然後歪著頭用甜蜜地幾乎讓全世界奶油都融化的聲音說：「那至少要等到大學畢業才行。」

「所以不能等到那個時候才讓我放進去嗎？」我吻著小仙。

小仙回應了我的吻，然後安靜地抬頭看我。過了好一陣子她說：「你不想跟我做愛嗎？」

她原本握住我陰莖的手指又上下搓弄了幾下，弄得我舒服地想發出聲音來。

「我想，我非常想。」我嚥了一口口水。

然後她害羞地說：「想的話就把你硬硬的東西放進我身體裡去呀！」

「我不能這樣做，未來怎麼樣我們都不知道，我想給妳一個負責的未來。」

我嘆了口氣。我為什麼會那麼理智啊。

「你不愛我嗎？」

「我愛妳啊，因為愛妳所以我不想隨便地對待妳的身體。」

「愛我就把你的那個東西放進來啊。」

「因為愛妳所以才不想放進去。」我有點痛苦地說。

「你是不愛我吧？」她再度抬起頭看我，眼睛已經淚汪汪的，她用非常輕的聲音說：「我們都做到了這個地步，而且我去弄了保險套……」

「小仙，我非常愛妳……」

「女孩子都做到了這種地步啊，我們班也有幾個同學有性經驗……」小仙的聲音聽起來有些悲傷。

我沉默了，只是抱著小仙的身體。我也會手淫，也曾幻想小仙的身體手淫過幾次。可是關於做愛這種事，我以為得更尊重女孩子的身體。

我是想和小仙永遠在一起的，可是如果輕率地射精在小仙的身體裡，即使有一層保險套……

我腦筋一片混亂的時候，小仙猛然坐了起來，整理凌亂的頭髮，然後站起來把那些我借給她的書整理好。然後用非常冷淡的聲音說：

「你走吧。把你借給我的書拿回去。」

5.

那天我不知道怎麼回到宿舍的。

大概一個晚上就把我冰在冰箱裡的五罐啤酒喝個精光，大偉和外文系的學姊在他房間裡不知道說些什麼非常開心的樣子，然後大偉打開房門出來看見我蹲在冰箱門大開的冰箱前面。

「阿瀚。」大偉友善地叫了我一聲。

「我啤酒喝完了，你可不可以給我一罐？」

「我今天早上看冰箱裡你不是還有五罐嗎？」

「通通喝掉了。」

大偉看了我一眼，然後就說幾罐都沒問題，如果有事的話就敲他房門，他會叫學姊回去的。

我點頭說好，然後說了謝謝。

拎了兩罐大偉的海尼根回到房間裡，下午打了幾通電話分別到花店和小仙她家去，但小仙一聽到是我的聲音就把電話掛掉，我只好一直在網路上等小仙上線，當我喝了第二罐海尼根啤酒的時候，小仙上線了，她出現在BBS的使用者名單上，但她沒有到信箱去看我的信，而是到「系統選項」的動態裡，不久她的動態呈現「這個帳號自殺中……」。

我不斷傳訊息給小仙，她都沒有回覆，不久她的BBS帳號就消失在BBS的使用者名單裡了。

我深呼吸了口氣，我可能永遠都失去了這個帳號……

我的確就這樣失去了小仙。這讓我覺得非常荒謬，為什麼只是我不肯和小仙做愛，她就決心不再理我。女生真的是另一種世界的生物啊，我想如果我把我的疑惑拿去問好友陳大偉應該沒辦法得到解答，因為他看起來應該是會和女朋友做愛而且是可以不休息持續很久的那種人啊。

就這樣，屬於我和小仙的夏天、秋天都過去了。因為想念小仙的緣故，花蓮的冬天顯得特別冷。風可能從遙遠的北極圈帶著北極熊的爪子意味那樣地吹過來。我在曾和小仙一起逛過的服飾店裡買了一件厚得像熊的脂肪堆積在身上的外套。

雖然我還是一樣過日子。

第二學期開始了，去上「文學概論（下）」的必修課。「古典詩選（二）」也依然是一臉橫肉流氓樣子但卻很會寫古詩的老師上課。除此之外也修了其他的課，林林總總加起來快三十學分。

因為大部分的課都不像高中有平常的小考，只要應付期中報告或期末考那樣子就好了。因此雖然忙了一點，但也還不至於抽不出時間看書或坐在桌子前面用鋼筆寫點什麼東西，也有時間去量販店買些方便烹飪的食物回宿舍煮飯。有時下課了也有時間發呆，慢慢地像踱步似的蝸牛那樣子走回宿舍，突然停下來看路邊的杜鵑花或者枯乾河道旁的楊柳樹發楞。

學校規劃校地的時候不知道怎麼搞的，可能是沒有經費的緣故。因此校園裡有一條彎彎曲曲很長的枯乾河道，河道的左側每間隔一段距離就種了柳樹，因為河道枯乾了的關係，原本是河底的地方不論什麼時候都長滿青草。三、四道好看的景觀橋橫跨其上，我經常坐在其中一座橋的水泥護欄上讀小說，在一月的時候我立志今年至少讀完兩本普魯斯特的《追憶似水年華》，但普魯斯特的書並不像柯南・道爾的《福爾摩斯全集》或莫理斯・盧布朗的《亞森羅蘋全集》那麼容易看完。我總是看幾頁就覺得累了不想繼續看下去，等到下次想起來又想讀的時候已經稍微忘記前面的情節在講些什麼，然後又得重看一遍，就這樣反反覆覆地讀《追憶似水年華》，然後覺得非常疲倦。感覺生活也是這個樣子的，反反覆覆地做過某事然後又不得不重複一遍，一切的一切顯得相當徒勞。

那天我坐在橋邊一面用CD隨身聽聽「早安少女組」的新歌一面讀從圖書館借來大仲馬所寫的《三劍客》，在快要越過中央山脈那一頭的陽光底下，吹過有點枯乾楊柳的微風中我想什麼時候也再讀一次夏目漱石的《我是貓》或者三島由紀夫的《金閣寺》好了。感覺日本文學也是非常迷人的，說不定二年級的時候會選修系上開的選修「日文（上）」或通識課的「日語（一）」。

我聽完了CD隨身聽裡面儲存的所有的「早安少女組」，然後想要重複聽一遍的時候，有個長頭髮的女生牽著一輛粉紅色的腳踏車經過我面前，可能要到文學院或理學院的教學區去。我歪著頭看了她一下。

她的皮膚很白，嘴唇很細緻，她也歪著頭和我對望一眼，然後微笑。

我注意到她為什麼是牽著腳踏車而不是騎著它的原因。

「腳踏車鍊子掉了？」我拿下戴在雙耳的耳機，關掉了CD隨身聽對她說道。

「唔，對啊。要牽到理學院去，打算明天叫大學部的男生幫我修的。」

「我來幫妳看看好了。」我把《三劍客》合起來放在那時的書包上，黑色的背包，然後又把CD隨身聽放在《三劍客》的封面上。站起來走向那個穿著緊身藍色牛仔褲，粉紅色防風外套的女孩子。

「哇，那樣就太好了。」

我幫對方把腳踏車腳架放好，蹲下來用手抓著踏板轉動了一下，鍊條完全卡死在齒輪的中間。

「會不會很難修啊？」她把雙手撐在膝蓋，彎腰看我蹲下來觀察腳踏車齒輪的情況，然後瞥見我放在橋上的書，她停頓了一下語氣又說：「你在看《三劍客》？你是外文系的學生嗎？」

「不是啊，我讀中文系。聽妳的語氣，妳好像不是學生？」我走到腳踏車齒輪側的那一邊，將手指用力去扯動卡在齒輪間的鍊條。鍊條扭曲得非常不好拉出來。

「我已經畢業了啊，博士班畢業了噢，不過我不是這個學校畢業的。」她蹲在我旁邊看我笨拙地拉扯鍊條的樣子，然後用手將被風吹亂的長髮撥到耳殼後面。

「咦？啊。」我轉頭看著她一眼，她的五官非常秀氣，皮膚也相當好，白皙的臉頰可能因為被三月仍帶著寒意的風吹得有些凍而透出紅暈，笑起來非常靦腆可愛的樣子。我用疑惑的聲調詢問：「妳是老師嗎？」

「嘿，我不是老師。我是數學所某一個教授的博士後研究員，當然也會幫忙他帶一些實驗課或當通識課的教學助理。」她說：「因為你不是理學院的學生，所以沒看過我吧。」

「我也有去理學院修過通識課啊。」

「有修『生活中的有趣數學』嗎？」

「沒有，感覺數學再怎麼有趣都很枯燥啊。我打算二年級、三年級如果通識學分數不夠才去修那種課。」我左手抓緊腳踏車的座椅，右手五根手指頭用力去拉扯單車鍊條。

「難怪我沒見過你。」她看著我的右手說：「啊，你的手都沾到鍊條油了。」

「沒辦法，得把鍊子扯開才行。」

我花了五分鐘左右的時間把腳踏車的鍊條扯鬆開來，然後重新將鍊條喀嚓一聲套上腳踏車的齒輪，最後抓著腳踏車踏板，轉動了一圈，腳踏車的齒輪帶動輪胎輕快的轉動起來。

「修好了。」我抬頭對她說道。

「謝謝。」她急忙從腳踏車車籃裡的白色亮皮側背包裡掏出一小包面紙，抽了幾張出來遞給我：「你擦一下吧。」

「謝謝。」我隨手擦了一下，但腳踏車的油漬用面紙是擦不乾淨的。在我國中騎一輛非常老舊的單車通學的時候，有一陣子因為齒輪磨損得非常嚴重的關係，幾乎每次上學都得修理一次單車掉鍊的問題。因此我知道得用肥皂認真洗手才能洗得乾淨。

「好像擦不乾淨，要不你到我研究室來？我那邊有洗手乳。我泡杯咖啡請你喝。」

其實我想說，我們現在這個地方離宿舍區比理學院還近，我只要回宿舍洗手甚至洗澡還比較方便呢。不過我看著面前幾乎像大三、大四學姊模樣的女孩子，很難想像她已經具有博士學位，還是學校裡的研究員。

可能有種想要確認她真的不是學生了的那種意圖，所以我點頭說好。用乾淨的那隻手把CD隨身聽收到外套口袋裡，也把大仲馬的書放進背包並且將背包背起來。

然後她瞇起眼睛對我微笑，笑容讓我感覺很甜、很溫柔，就像比我大上幾歲的姊姊在早晨泡好了一杯牛奶並摻了好多蜂蜜那樣的甜美味道。不過我並沒有姊姊。

現在想起來她的研究室好像是在理學院的五樓的地方，總之是理學院最高樓層的地方。那個時候學校才剛創校不久，建築物很少，而且大多沒有確切的名字。就像馬奎斯小說《百年孤寂》第一段所說的：「那個地方還是嶄新的，許多地方都叫不出名字，不得不用手指去比……」

學院裡很多房間也沒有掛上「某某教室」、「某某實驗室」的牌子，只能說某一棟建築物幾樓的第幾間房間那個樣子。那位研究員學姊的名字叫周芊妤，她的研究室就是屬於「門口沒有名字」的那種房間。

校園裡禁止騎機車，可是因為校地非常大，因此大多數的學生都會騎腳踏車往返文學院、理學院和宿舍區，上課的時候就把單車鎖在教學區旁邊的單車停車場。周芊妤她也是這個樣子，把腳踏車停好並且鎖好以後，帶我搭電梯到她的研究室去。大多數時間我來理學院修通識課的時候都是在一樓的幾間大講堂之一。因此我從來不曾搭過理學院的電梯，所以這讓我感覺到有一種陌生的新奇感。

她按了最高層的電梯，然後帶我走出電梯。

走廊空蕩蕩的，理學院大樓比文學院大了很多，而且非常安靜。

我對她說：「我從來沒有來過理學院的頂樓這裡。」

她笑著說：「這裡非常偏僻喲，因為大部分理學院的實驗室或教授們的研究室都在二三樓。所以即使早上修通識課的大學生們在理學院中庭吵吵鬧鬧地走動準備換教室上課，但這裡還是靜悄悄的噢，我早上九點上班前會在走廊上泡一杯咖啡，然後看安靜的中庭突然變吵鬧起來，那就是學生們下課了的時候，我就開始工作了。」

她走到其中一間沒有掛名字的房間停下來，房間格局大小就像一般教師用的研究室那樣。她從白色亮皮大背包裡拿出鑰匙圈，用其中一根鑰匙打開了門。

大約十坪左右的研究室。

白色的四張桌子，其中一張背靠著東邊的窗戶，背景是遙遠的海岸山脈，我能夠想像早晨的時候金色的晨曦從那邊照耀花東縱谷的樣子。桌子上擺著一具粉紅色的可愛檯燈，一台學校配發的電腦，電腦鍵盤旁邊有幾疊用釘書機釘起來A4大小的文件，還有好幾種不同顏色封面的學校公文卷宗。

一隻手掌大的長頸鹿布偶正坐在插滿筆的筆筒旁邊用一種望著卷宗的模樣坐在那裡。

另外三張長桌緊靠著牆壁，桌子上整齊放著四架電腦和一台筆記型電腦，桌上型電腦都是MAC的，筆記型電腦則是ASUS。研究室所有的電腦都開著，發出了沉穩的運轉聲音保持在待機模式。

筆記型電腦旁邊有一台當時最新款的HP雷射印表機，印表機的旁邊有一台看起來非常豪華而且比印表機更佔空間的電動咖啡機。咖啡機旁邊放了好幾個瓷器的黑色咖啡杯和咖啡杯墊，也有糖包、奶油球、金屬咖啡匙之類的東西。

在靠近窗戶旁邊有一個小的洗手台，那是每個教師研究室都有的東西，她指著那洗手台上面的洗手乳對我說道：

「你可以用那個。」

我點點頭說謝謝，然後走過去，按壓了一下洗手乳的瓶蓋，帶著香氣的洗手乳液流到我骯髒的手掌，我扭開水龍頭，嘩嘩地用洗手乳在流水中沖出泡沫。

「我這裡只有四種咖啡，先說好哦！太貴的咖啡這裡可沒有……你想喝巴西的山多斯咖啡還是哥倫比亞波哥大咖啡，或者曼特寧還是牙買加的藍山咖啡？」周芊妤將厚外套脫掉隨手放在長桌前的一張椅子上。打開咖啡機旁邊的防潮罐，然後將裡面的鋁箔包咖啡豆拿出來。

「我不太懂，我也喝咖啡，但喝宿舍販賣機賣的十元易開罐或一包一包沖泡的那種即溶咖啡。」我迷惘地搖頭說道。

周芊妤皺起了眉頭，然後用十分同情的表情望著我：「嘖，你沒喝過好咖啡。這樣不行啊！」

然後她說，這樣好了，我們今天來喝山多斯咖啡，它的口味蠻香醇的噢。

然後周芊妤把適當份量的咖啡豆放進咖啡機裡，按下開關，電動咖啡機發出轟轟的低微響聲開始磨咖啡豆。

我洗好了手以後，周芊妤從咖啡機旁邊的面紙盒抽了幾張面紙給我擦手，然後她分別檢查了幾台MAC電腦正在運算中的程式畫面，接著走到背對窗戶的那張桌子旁邊，那張桌子的電腦從剛剛就不停發出輕微類似訊息的提示聲。

她坐了下來皺眉看著螢幕。

我好奇地跟了過去看，原來是BBS的視窗。

「唔，學姊，妳也有上BBS啊。」

「對啊……」她很快地回訊息給別人，似乎是數學系的學生問有關「實變數函數的問題」，她一開始回覆很快，然後抬頭看我說：「你又不是數學系的學生，也沒修過我當助教的課，不可以叫我學姊喲。」

「那要叫什麼？老師嗎？」

「直接叫芊妤姊好了。」她說。然後把手撐著腮稍微想了一下，目光投向靠著另一邊牆壁的書架。這個研究室裡的書自然沒有中文系上那些老師研究室裡那麼多，但也有一張大書架和好幾個放書或文件的白鐵製矮櫃。

她把視線投向大書架的第二層或第一層的地方，那裡放著幾本看起來像數學系教科書的圖書。其中的《微積分》和《解析幾何與矩陣》我確切看過我數學系的樓友同學拿拎著去上課過。

第二層的書架還放了一些我曾聽過的著作，柏拉圖的《理想國》、亞理斯多德的《詩學》、笛卡兒《哲學原理》、康德《純粹理性批判》、胡塞爾《邏輯研究‧第一部》之類的書。我一向很喜歡看書的，不管是不是文學類的書，因此在學姊，唔，芊妤姊她在網路上回覆學生數學問題的時候，我走近書架去看了那幾本書，倒沒有直接從書架上把書拿下來翻閱，因為沒有主人的同意我覺得那樣不禮貌，但還是像在圖書館裡和每一本書打招呼說哈囉我今天又來圖書館看你們了的那樣，讓視線一一地逡巡過每本書書背上的書名。

芊妤姊她回答完網路上學生問題後，抬頭看我在做什麼。然後發現電動咖啡機已經弄好一杯咖啡了。於是她站起來遞了那杯咖啡給我，又為自己弄了一杯。

「喜歡看書嗎？」

「唔，是啊……」

芊妤姊她站在咖啡機前面輕拍了自己一下額頭然後笑著說：「對喲，你就在橋邊看書嘛！我還問你是不是外文系的學生。你說你讀中文系。」

「芊妤姊，妳書架上的書看起來也不像讀數學系的學者哩。」我彎腰下來看，下排的書架上一大排尼采寫的書，像什麼《悲劇的誕生》、《尼采的心靈咒語》、《查拉圖斯特如是說》、《權力意志》等。

「數學系的學者呀！」芊妤姊有點疲倦地笑了一下，端起山多斯咖啡豆煮出來的咖啡，喝了一小口，然後認真地看著我的眼睛：「哲學是一切人類思想之母喲，不管科學也好，數學也好，甚至連你們學文學的也一樣唷。哲學是教人類如何思想，如何正確詮釋世界本質的方法。」

「聽起來非常抽象。」我說。

「坐下吧。」芊妤姊拉了一張椅子要我坐著。她拉開剛剛坐著打電腦的那張椅子，拉到我旁邊書櫃附近也坐了下來。然後說：「舉例來說，我們現在看窗外——」

我順著芊妤姊的視線望向她研究室的窗外，海岸山脈那邊的景色已經暗了下來，天空呈現半透明黑灰的銀色，山的稜線把山勾勒成一隻低伏的黑色的獸。山腳下公路兩旁整齊的路燈像裝飾聖誕樹那樣點綴成發亮的銀線。

但更靠近學校地方的天空還是橘紅色的，殘餘的日光渲染成炫麗霞光，將校園或校園圍牆外面的田地、農家或錯落在花東縱谷間的低矮房子都浸泡在夢幻之極的美好當中。

「很美的景色吧。」她說。

「嗯。」我點點頭，從她的研究室這樣高處的地方欣賞白晝最末的風景，真的非常美好。

「也許你們文學系的會用很多美好的句子來詮釋這樣的風景，可是啊……」芊妤姊捧著咖啡杯停頓下來，然後歪著頭讓很長的頭髮像瀑布那樣滑落到另一邊，然後她說：「如果只是用漂亮的句子來形容世界，那樣的句子或文章其實是空洞的。詮釋世界或詮釋心情必須要有思想性才行。」

「思想性？」

芊妤姊點點頭，她小啜了一口咖啡，可能味道很苦或者怎麼樣，她皺了眉頭，不是非常不愉快的那種皺眉，後來我想也許那只是她轉換語氣的一種神態。她繼續說：「我不太懂文學啦……但偉大的文學家李白或者蘇軾之類的，他們的作品應該有很深厚的思想。」

我點點頭附和。

芊妤姊看我點頭然後她笑了，又說：「雖然我確定李白或蘇軾沒讀過康德或尼采，但偉大的人一定有偉大的思想。知道為什麼他要寫下這樣的文字，知道人類為什麼要這樣生活。」

「也像知道為什麼要用MAC電腦運算什麼電腦程式之類的？」我說。

芊妤姊咯咯笑著，然後把咖啡杯放在桌上，掩著嘴像小女孩那樣笑。

「你說的沒錯喲。」她說：「我們的每一個行為都有意義，是可以深刻思考發現行為現象或事物現象的本質。這可以幫助我們更加理解科學或數學。說不定也可以幫助你更加瞭解文學啊。」

「可是哲學應該很難。」

芊妤姊笑著說：「應該說人類的行為本身就很複雜，戀愛啦，交友啦，買東西或者討厭吃某種東西，喜歡某種顏色。這些事不只是現象而已。哲學難，是因為這個生活世界更難噢。比起生活世界啦或戀愛之類的事，讀哲學反而簡單。」

「芊妤姊應該有男朋友吧。」我問。

芊妤姊臉上泛出奇怪的表情，她說這個問題有機會再告訴你。

然後她從書架上抽出那本亞里斯多德的《詩學》問我有沒有讀過。

「曾經在圖書館翻過一下子。」

「這本送你，因為是討論詩和文學的東西，我比較沒有興趣。而你又是文學院的學生，雖然是中文系的，但應該會對你有幫助吧。」

「謝謝。」我說道。

「你叫李崇瀚吧？我可以叫你小瀚嗎？」她拿出一枝原子筆在書的扉頁上寫這本書由小芊在世紀末的某一年夕陽下送給小瀚，希望小瀚能成為大詩人。

「可以啊。唔，大詩人……這好像非常困難。」我說。

「總有目標才需要努力呀。」她挑起秀氣的眉毛然後把書交給我。然後又問：「明天也來喝咖啡嗎？把我這裡當成咖啡廳吧？」

「咦，啊？」

「你嫌我太老了嘛！不想跟老女人喝咖啡？」她鼓起了雙頰，嘟著嘴巴看我。

「沒有啊，芊妤姊非常年輕而且有魅力。」

「真的嗎？」

「真的，在走進這裡之前，我一直不太敢相信你讀完了博士當博士後研究員呢。總覺得妳是大三、大四的學姊才對。」

「大三、大四啊……」她仰著頭看沒有任何裝飾的白色天花板然後又瞪我：「那還是比你老啊，你不是才大一？」

「我、我看起來應該也像大三、大四的傢伙吧。」

芊妤姊側著頭笑了，她說：「你的臉看起來沒那麼老甚至有點稚氣，不過你內心好像有個老靈魂……這可能跟你喜歡讀書有關係喲。你空閒時都讀書嗎？」

我點點頭。

「反正沒什麼事嘛！」我說。

「沒約會嗎？跟男同學打球或者跟女朋友出去。」

「上學期偶爾會跟班上同學出門，看電影或買一些食物。」我想起了小仙，但是刻意在芊妤姊面前不提她。

「那這學期為什麼沒有了？」

「他們都各自談戀愛了啊，可能因為這個原因就比較少來找我。而且我喜歡看書，也喜歡聽音樂。」

「你沒交女朋友？」

「現在沒有。」

「有喜歡的對象嗎？」

我嘆了口氣。

芊妤姊把手肘撐在桌上托著腮看我，然後笑著說：「我知道了。不過我帶的班級大多是數學系，男生比較多，很難幫你介紹女朋友喲。」

「我沒這個打算啊！」

芊妤姊沒有說話，她認真看了我的眼睛好一會兒，看得我都有些不好意思將頭轉開，她才說：

「你的眼睛有時非常冷，好像把自己隔絕在世界外頭似的。但好像又像小孩子。所以你很難戀愛吧。」

「啊？為什麼芊妤姊這樣說。」

她沒有直接回答我反而問：「你很少朋友嗎？」

「應該說只有必要的往來。在宿舍裡我不會特別跑到別人寢室去聊天，但是別人如果來找我我通常我不會不歡迎。」

「小瀚啊，喜歡讀書很好，但在大學時代要多交朋友喲。因為學生時代結束以後就很難交到好朋友了。」

「為什麼？」

「像我現在啊，跟著我指導教授到這裡來工作。整天接觸到的不是系上的助理、老師就是課堂上的學生。沒有真正能當朋友的人。」芊妤姊在窗戶穿透進來逐漸變暗的日光下注視我的眼睛：「你不是我課堂上的學生，也不是同事什麼的，所以說不定你是我在這個學校的第一個朋友喲。」

「真的嗎？我很榮幸。」

「真的，所以明天也要來喝咖啡喲。」

「好。」

於是芊妤姊彷彿擔心我爽約似的，還向我要了BBS上的帳號以及宿舍分機號碼，這才讓我離開她的研究室，而她好像得確認三台MAC主機所執行數學統計之類的什麼程式，所以得開始忙碌工作了。

我幫她洗了咖啡杯然後將研究室門輕輕帶上，她房間裡的日光燈已經打開了。最後離開的時候，我注意到她非常認真注視電腦螢幕並且將手指在鍵盤上流利滑動輸入程式指令的表情與動作非常迷人。

第二天中午我在理學院的理二講堂有一門通識課，從十點十分上到十二點。那門課是由非常熱愛教學、頭髮銀白的自然資源所的老師上的「東台灣植物生態」。通常中間沒有下課時間，而且會一直上到中午十二點十五分，拖延下課時間的功力簡直跟花東線火車誤點一樣都是常態。

下課的時候我搭電梯上樓去找芊妤姊，不知道她中午休息了沒有。敲了她研究室的門，她說請進，我打開門後她正咬著原子筆桿皺眉坐在那張背對窗戶的桌子檢查一份文件。抬頭看到我的時候非常高興，臉上表情就像烏雲消散突然陽光耀眼起來的感覺。

「啊，你來了。不好意思我正在忙，你可以自己弄咖啡喝。今天也是山多斯咖啡可以嗎？」她說。

「好，請別招呼我。」我走在咖啡機旁邊研究了一下，把乾淨的咖啡杯放在咖啡會流出來的地方，按下黑咖啡的按鈕。

我對芊妤姊說：「我還擔心妳中午休息了呢。因為剛在理學院一樓上課，那個老師總是會比較晚下課。」

「是嗎。我們數學系也很多老師也會這個樣子，常聽學生在網路上抱怨呢。」她的視線回到眼前的文件上。

我端著咖啡走到芊妤姊旁邊，那滿滿A4文件上都列印著整齊的數字、某種陌生的英文單字和奇怪的代碼，有的數字到小數點第四位。

芊妤姊抬頭看了我一眼，然後說要不要一起吃飯？

我說好，可以等你工作忙完。我還不餓。

站在芊妤姊旁邊往窗外望，理學院周圍有幾株白楊樹極高但最高的樹緣仍在窗戶下邊，雖然是春天的季節，但因為天氣依舊很冷（有幾個冷氣團還在台灣外海徘徊），因此白楊樹的樹頭稀稀疏疏的，大多數葉子仍舊枯黃，觸目所及只有五分之一左右的樹枝長出了新葉。

正午的陽光正耀眼，穿透稀疏的樹梢落在理學院外面的馬路上，有許多從理學院走出去的學生，抱著書、背著書包或者雙手空空的學生，穿著不同樣式的衣服，但男孩子大多穿牛仔褲，還有不少人穿短褲和拖鞋這樣往湖畔餐廳走。那是三層樓的建築物，和右邊的學生活動中心同樣褐色外牆的建築，彼此以橋樑和共通的屋簷連結起來。

馬路上學生鬧烘烘地往餐廳移動，也有些人從餐廳買了便當出來，坐在湖邊的草地上吃飯。我想那暖烘烘的陽光應該把他們曬得非常舒服——

餐廳後面有一大片綠汪汪的湖水，不知道是倒映了周圍青草和楊柳樹的顏色或者因為湖中水生植物的關係，那真的是非常漂亮的綠色喲，在太陽底下像發亮的碧玉似的，有一艘不知道是觀賞用或者體育系上課用的小帆船斜靠在岸邊，從來不曾看過有人駕駛它，所以那艘船一直像午睡似的斜靠在水泥階的岸邊。

相較於餐廳附近彷彿鳥獸覓食吵鬧的學生。我和芊妤姊所在的理學院五樓非常的安靜，門外沒有任何人走動的聲音，而芊妤姊只是偶爾用藍色或紅色原子筆在電腦列印出來的文件上寫上筆記附註，或者將可能不正確的數值圈起來。原子筆摩擦紙面的聲音非常細微。

研究室裡所有電腦包含一台WINDOWS作業系統桌上電腦，一台ASUS筆記型電腦和三台MAC電腦彷彿半永久性地持續運作，主機低沉發出想像裡行星公轉時才會產生的那種聲音。如此之外沒有任何聲音了，彷彿這裡是被世界遺忘的地方似的，或者被誰鎖起來的冰櫃，冷清到讓人覺得有點悲哀。

芊妤姊大約每十分鐘抬頭看我一下，然後對我露出抱歉的眼神說要不要再喝一杯咖啡嘛！

「或者可以隨便看看書啊，尼采或柏拉圖的書都很有趣。」他說。

但是因為胡塞爾的《邏輯研究》這個書名非常酷，所以我把那本書從芊妤姊書櫃上拿來翻了一下。

在我大學一年級的時候，很少在非用餐時間到學生餐廳裡用餐。因此和芊妤姊在一點半的時候到湖畔餐廳時看到餐廳內冷冷清清的景象讓我覺得新奇。

餐廳內還有幾個人在用餐。

孤單用餐的男學生，看起來像研究生的模樣，一邊吃湯麵一邊看一本非常厚的原文書。

三個教授模樣的男人（其中一個稀疏的銀髮，看起來年紀很大）一邊吃著簡單的自助餐一邊高聲聊天，其中有幾個單詞不斷重複出現，像「國科會」、「評鑑」、「學生」之類的字眼……

有兩個看起來很安靜的女學生坐在靠近湖邊落地窗的桌子旁用餐，其中一個穿著米色及膝的蛋糕裙，頭髮後面綁著非常大的米色蝴蝶結，吃東西的時候非常秀氣。她們兩個人親密地交談，像坐在窗邊曬太陽的小貓。

芊妤姊問我要吃什麼。我說我想吃自助餐，她看著我點了炸豬排、洋蔥炒蛋和炒茄子，然後她向櫃臺後面的歐巴桑點了十顆韭菜水餃。

我們選擇在靠近湖畔窗戶旁邊的位置，她先坐下等我，就在那兩個優雅地像小貓似說話的女孩隔壁的桌子——

我去盛自助餐可以無限量供應的白飯，順便問芊妤姊要不要自助餐免費的湯。她點頭說好，然後我先裝了白飯以後，看見自助餐湯桶裡今天的湯是海帶蛋花湯，於是幫我和芊妤姊各舀了一碗。

在等芊妤姊的水餃煮好的時候，我說起了很少在這種時候用餐，現在安靜得彷彿從湖邊灑落的陽光都會發出聲音似的。

她說這個時候有點類似快休市以後的菜市場喲！

那些煮麵的、煮水餃的或賣自助餐的歐巴桑才剛忙完還沒有空整理餐廳，因此桌面上或地上有些菜渣或學生踩踏過的腳印，好像那種慌亂擁擠的氣氛還留著，不過一點以後來餐廳用餐的學生變少了。感覺學生餐廳可以稍微鬆口氣休息一下那樣。芊妤姊喜歡在這個時候來用餐，可以不必跟吵鬧得像春天裡麻雀的大學生們一起擠餐廳，而且好像也能真正放鬆下來。

「可是工作不要緊嗎？」我記得系辦助教都有一定的上班時間規定。

「我不是編制內的學校職員啊。我是我老師用國科會經費約聘的研究員，因此在工作時間上比較有彈性，可是就像你昨天看到的。我有時晚上可能也要加班噢。但我比較喜歡這個樣子，因為比較自由。」芊妤姊說。

「的確是這個樣子。」

我們在交談的時候，在有點遠的地方，廚房裡的歐巴桑扯開嗓子喊著：「十顆韭菜水餃好囉！」

我們轉頭看著歐巴桑的方向，然後我先站了起來對芊妤姊說「我幫妳去拿」。然後到廚房對外的窗口幫芊妤姊端了水餃回來。

我對芊妤姊說：「我也喜歡吃水餃，不過如果中午來吃飯的人太多，整個餐廳亂烘烘的，很不想在餐廳裡等水餃煮好。」

「這就是稍微晚一點來吃飯的好處囉。」芊妤姊笑著說：「有時如果工作輕鬆一點的時候，我也會在十一點左右來吃午餐。」

「這樣的確非常聰明。」

窗外的陽光穿過透明的窗戶輕灑在桌面上劃出了光與影鮮明的分野。

看著芊妤姊吃水餃的樣子不知怎麼搞的我就想起了那天小仙在松園別館望著海邊吃麵包的模樣，小口小口的好像在品嘗非常美味的東西似的，當然我不是沒有吃過湖畔學生餐廳的韭菜水餃，那只是符合一般常識的好吃水餃而已，不過芊妤姊吃水餃的樣子讓我覺得那盤水餃應該是特別的。

就像那時候小仙吃的麵包那樣。

芊妤姊注意到我沒有動筷子，於是露出詫異的表情看著我。

「怎麼不吃呢？只光看我吃嗎？」

我有些尷尬，然後說：

「芊妤姊吃東西的樣子非常好看。」

她把頭瞥向窗外湖面上粼粼的水光，下午一點半左右陽光仍非常耀眼，把湖面反映著白色看了會讓眼睛發疼的亮光。她瞇起了眼睛，眼珠裡閃爍著發亮的光彩，不知道是因為注視湖水的關係或者別的原因然後她轉過頭來笑著問我：「真的嗎？你讀中文系，班上應該有很多可愛的女孩子吧？」

我想起了班上幾個好看的女同學，然後點點頭。

「你沒跟她們一起吃過飯嗎？應該年輕又漂亮吧。」她歪著頭看我。

這時候我才突然想起新學期開學以後我幾乎不曾和班上同學一起吃飯了，只有一次在學校外面的小吃店遇到大偉，我在吃一碗麻醬麵的時候，他和那個外文系學姊剛好走進來，兩個人親切地和我打招呼，因為那時候是用餐時間，沒有任何空桌，因此陳大偉就直接拉著那個學姊坐在我對面，然後兩個人各點了餛飩麵。

我搖搖頭說，很久沒有跟班上同學一起吃飯了。

「為什麼呢？」芊妤姊放下筷子，好奇地問我。

「沒為什麼，可能因為寒假過後他們都有對象戀愛了，所以很少找我。而且我也不是特別喜歡找人一起吃飯的。」

「你上一次跟女孩子一起吃飯是什麼時候？」

我想了一下，好像是某一個週日和小仙在麥當勞裡面點兒童餐然後坐在二樓的窗邊看到黑色賓士車與一輛紅色小機車擦撞的那一次。小仙因為很想要多一個兒童餐附贈的玩具，所以堅持要我也點兒童餐。

我對芊妤姊說，好像是四、五個月以前了。

芊妤姊意味深長地點點頭。

「怎麼樣？」我問。

「你和我一樣，是屬於非常孤單的人。」芊妤姊用她乾淨得幾乎沒有一絲雜質的眼睛認真看我的臉，她慢慢地說：「而且你可能比我還孤單喲，這是不可以的啊，因為你還只是大一的孩子。」

「感覺起來芊妤姊沒有比我大多少呢。」

「好吧。可是那是長相啊，事實上，我數數喔……」她雖然說要數一數，但才眨一下眼睛就計算出來我們可能差距的年齡（果然是數學博士），她說：「我們相差有九歲到十歲左右呢。」

芊妤姊掩著嘴嘻嘻笑出聲音來，她說：「你不應該跟我年紀這麼大的女孩子吃飯。」

「妳年紀不大啊。」

「那是因為小瀚你有很老很老的靈魂啊，你下課的時候沒和同學走在一起，反而去與大仲馬做朋友啊！」

「大仲馬？為什麼突然提到大仲馬？」

「因為昨天你在幫我修腳踏車之前不是在讀《三劍客》嗎？我記得《三劍客》的作者是大仲馬沒有錯吧？以前大學時我有選修過法國文學呢。」

「妳記性真好。」我感嘆地說。

「才昨天發生的事嘛。」芊妤姊笑著說：「不過感覺我們好像認識很久了。雖然你看起來很冷漠……」

「啊，我看起來很冷漠？」我有點驚訝地反問。

芊妤姊低頭吃了一顆水餃，慢慢地嚼著，然後彷彿小心翼翼地選擇著恰當詞彙地那樣說：「應該說……淡漠吧？你的眼睛啊。」

「我的眼睛怎麼樣？」

「你看我的時候並不會不誠懇，反而很真實……溫和。不過你並不會把我放在心上。」

「呃，放在心上？」

芊妤姊深呼吸了口氣，然後好像下了什麼重大的決定那樣鼓起勇氣，直視我的眼睛說：「我知道在女孩子裡，雖然我年紀比你大了些，可是我不醜……」

「芊妤姊很漂亮。」我補充說。

「謝謝。」芊妤姊甜甜對我微笑，然後說：「一般男孩子，不管是大一啦或大四，看到我大多會眼睛發亮多看一會兒，但你不會你只是非常淡泊地看著我。像在我研究室的時候，你並不會特別關心我在做什麼或多看我的臉一下子，你反而去看我書架上的康德、尼采、笛卡兒他們，最後從我書架上拿了胡塞爾。」

芊妤姊停頓了一下語氣然後笑著說：

「這讓我很受傷噢。」

「真的嗎？對不起……」我心底嚇了一跳，我沒想到這樣也會讓女孩子受傷。

芊妤姊歪著頭看我受窘的表情，然後微笑說：「有一半我是開玩笑的，但有一半卻是認真的……我想你喜歡讀書勝過交朋友吧，這樣的人往往都很誠實。因為我也是這樣的人，所以也許我們能夠相處得不錯是這個原因。」

「芊妤姊，妳真的會因為我沒有多看妳幾眼而受傷嗎？」

「心思比較細膩的女孩子會喲，女孩子很容易受傷的。很不幸，我就是那種很容易受傷的女孩。」芊妤姊說完低頭繼續吃水餃，沒有看我。

「對不起。」我又重複了一次。

芊妤姊沒有回答我，低頭默默地把水餃吃完。然後才抬頭看還在吃飯的我。

她用面紙擦了擦嘴，然後說：

「沒什麼關係，你是很可愛的人呢。男孩子應該不喜歡被說可愛吧？」

「嗯。」我點點頭。我不太清楚芊妤姊想要說什麼。不論幾歲的女孩子真的都很不好懂啊。

「我說小瀚你啊，可能因為喜歡自己獨處的世界，所以把自己封閉起來了，因為像你這樣年紀的人，沒有經常跟女孩子一起吃飯有點奇怪喔。」芊妤姊說：

「你好像把自己裹進了一層看不到的硬殼。」

「硬殼？」

「因為你害怕受到傷害喲，所以好像把別人隔離在你的世界以外。」芊妤姊輕輕皺起眉頭，然後拖著腮看還在吃飯的我，然後很仔細地說：「這並不是說你不親切喲，你是很親切的幫我修理了腳踏車……只是說你在你的『殼』以外會用禮貌溫和的方式和別人互動，但別人真的想進入你的內心非常地困難。」

芊妤姊身體前傾，然後伸出右手在我額頭前面十公分左右的地方假裝敲擊的模樣，她說：「……得這樣，『叩、叩、叩』地敲開包圍在你外面的硬殼，才能發現到硬殼裡你那顆很柔軟脆弱的心。」

「好像是這個樣子的。」我點點頭，雖然我一直羨慕陳大偉能夠和很多人交朋友，不論男生或女生都非常喜歡他，可是我不想過那種生活。我只想跟別人溫和、有禮貌的互動。我不想隨便讓別人來影響我的心，尤其在「小仙」以後……

芊妤姊看著我，她沒有再說話，只是緊閉嘴巴很溫柔地笑。然後她好像忽然想起什麼，將長髮纏繞在指頭上，然後歪著頭問我：

「我有兩張花蓮縣文化局舉辦的鋼琴演奏會的票。這個星期六晚上，我朋友臨時不能去，你要不要跟我去……」

「有什麼曲目？」

「如果是你不喜歡的曲子你就不會想跟我去了嗎？」芊妤姊的眼神嚴厲了起來。

「怎麼會呢？只是隨口問問。」

「我記得有蕭邦〈練習曲〉、〈幻想即興曲〉……舒曼〈幻想曲〉、德布西〈月光〉……，怎麼樣？」

「還不錯。」

「週六晚上五點我去你宿舍找你？」

「妳知道我宿舍？」

「你不是給我分機號碼了嗎？我也曾去你們擷雲二莊過噢，有幾個數學系大一學生早上八點的課翹掉在打線上遊戲，我老師叫我去揪人來上課。」

「竟然有這種事。」我忍不住笑了。

雖然我的CD架上也有幾片古典樂CD，七、八片吧，大部分是貝多芬的。

可是我從來沒有想過要去聽音樂會。在半年以前小仙曾跟我約定，如果她考上台北的學校，我得上台北找她，一起去國家音樂廳看歌劇，但那只是沒有實現的約定而已。因此我在想真的要去什麼演藝廳聽音樂會的話該穿什麼衣服，穿牛仔褲或休閒褲可能不行，可是這裡只是花蓮鄉下地方而已。

我把我的困擾告訴陳大偉，陳大偉立刻借了我一套西裝。不是很貴的西裝噢，「以前高中打籃球校隊拿到全國第三名的時候學校送的。」他說。

我那時候和陳大偉的身材差不多，他比我矮幾公分，但壯了一些（三十五歲以後他才突然發福起來）。因此他的西裝剛好我穿起來非常合身。不過我們兩個人都不會綁領帶，他用網路搜尋了「領帶的打法」，兩個人研究了半天，最後打出了一個歪歪斜斜的三角形領帶結出來。

「這樣不行的吧。」陳大偉說：「你先把領帶放在口袋裡好了。需要時再套上去。」

「也只好這樣了，謝謝。」我說。

星期六的時候，大偉兄不知道和哪一個女友出門去了。我坐在書桌前面看書等芊妤姊的電話。為了接電話方便因此房門沒關。

但沒想到芊妤姊突然出現在我身後。

「又在看《三劍客》嗎？」她的聲音出現在我身後時嚇了我一大跳。

我仰著頭往後看她。她的頭髮特別梳理過，頭髮有一種定型液的氣味，臉上畫了淡妝，嘴唇擦上淺色的口紅非常誘人，身上好像也灑了某種香水，那是非常好聞的清淡幽香。芊妤姊就這樣穿著一襲粉紅色的連身套裝拎著白色包包站在我身後。

「唔。」我立刻轉過身來對她說：「芊妤姊，妳怎麼突然跑來了？我是說，妳怎麼沒打宿舍分機來？」

「就想直接來參觀你房間啊。」她歪著頭看我手上的書，因為《三劍客》是很厚的小說，加上這個星期得交一篇「現代小說選」的報告，因此我還沒把這本書看完。

然後芊妤姊轉頭看了我的書架，大多都是翻譯小說，也有《詩經》、《樂府詩集》、《左傳》之類的書。她送我的《詩學》以及借我的胡塞爾《邏輯研究‧第一部》都好好地擺在《葉慈詩選》和《李爾克》旁邊。

「有色情書刊嗎？或硬碟裡面有A片？」芊妤姊笑著問我。

唔，真是的，為什麼女孩子總是會問男生這種問題呢？從前小仙也好奇地說要參觀我的寢室，然後問我會把色情書刊藏在哪裡？我說我沒有那種東西她卻一臉不相信的樣子。

「我沒有那種東西。」我說。

「連A片也沒有？」芊妤姊她懷疑地問。

「沒有。」我搖搖頭。

她歪著頭看我的臉好一會兒，然後說：「難道你不會手淫？就是自慰啦……」

我連忙站起來走到門邊把門關上。

「芊妤姊，妳別講那麼大聲好不好？」

芊妤姊非常有興趣地看著我臉紅尷尬的樣子，然後慢慢問：「難道不會嗎？那你真的很奇怪噢。」

「我們可以別談這個問題嗎？」

「好吧。你穿西裝啊？其實沒那麼正式呢。」芊妤姊好像這時才注意到我的穿著，好好地從頭到腳打量了我一番。

「啊，真的嗎？我應該先問過妳的。」我抓了抓頭髮尷尬地說。

「沒關係，你穿西裝很帥喲，可是你沒繫領帶啊？」芊妤姊幫我整理了衣領然後問我。

「有領帶，可是我和大偉都不會繫。」我從西裝口袋裡拿出皺巴巴的領帶。

「誰是大偉？」芊妤姊接過我手上的領帶幫我繫了上去，打了一個很好看的領帶結。

我又打開了房門，指著大偉房間緊閉的門說大偉住那間，是我的同學。然後稍微簡介了一下他的事蹟，很會打球，跑步也很快，會寫很漂亮的毛筆字，現在開始學習寫古典詩，古典詩選的老師說大偉寫的五言絕句比七言好。不過最讓我佩服的是他同時和好幾個女孩子交往而且讓對方知道彼此存在卻不會讓她們吵架或打起來的功力。我對芊妤姊說了關於他其中一個女友在網路上叫我監控大偉晚上到底有沒有回寢室的事。

那天晚上大偉寢室的燈一直是暗的。

「所以呢？這位大偉先生跑去哪個漂亮妹妹那裡去了？」

「沒有啊，隔天我直接問大偉，大偉說他前一天早上打球很累，所以晚上八點多洗完澡就睡覺了。」

「嘿，讓那個女孩子白擔心了。」芊妤姊咯咯地笑著。然後芊妤姊似乎覺得大偉非常有趣，當我們離開宿舍的時候，她還不斷詢問我關於大偉和那些女孩子們交往的情形。

她開了一輛白色的日產March，就停在我們宿舍門口。

在發動引擎的時候她說，「小瀚，你要多向你家的大偉兄學習喲，不然說不定你到四十幾歲還是孤家寡人不能結婚呢。」

那時候我只是尷尬微笑並沒有說什麼。

文化中心和文化中心的演藝廳都靠近花蓮北濱的海邊，會經過小仙家以及小仙家的花店。這幾個月來我都刻意不經過那個地方，但芊妤姊不知道這件事。她駕駛著March經過小仙她家的花店時，我還特意望了一眼，這時候天色已經暗下來了。整個車窗外的世界像浸淫在稀薄的墨色中，芊妤姊打開了車燈，黃色的車燈努力在整個世界為我們撐開了小小的光亮。

我突然安靜了下來。

芊妤姊問我怎麼了，我搖頭說沒有。

我已經不記得那是一場怎樣的演奏會了，確實是聽到〈幻想即興曲〉、〈月光〉或其他曲目的音符，每個音符都像小精靈似的在空中迴盪。但我那時候一直在看芊妤姊的，在演奏廳裡非常黯淡的光線中，她好看的臉上流露一種奇特的表情。並不特別快樂也不特別悲傷，也不是什麼表情都沒有，怎麼說呢？應該是對於現在身處在這個時空當中卻不知道用什麼態度去面對的那種疑惑。音樂自然是好的，就像花蓮的海邊或當我們走出演藝廳時看見頭頂上燦爛的星光（那時候我還能辨認出幾顆星星的名字……），那些景色都非常棒。

後來我知道芊妤姊想說，可是為什麼在這麼棒的景色中，我們會在這裡呢？當然並不是說，我們應該在很糟糕的環境或景色中，只是我們憑什麼或為什麼在這裡，生命此刻在這個地方對我們來說有什麼意義或創造出什麼價值出來。

芊妤姊說過人活著當然有價值的喲。可是有時候那種價值可能隱藏在某個秘密的寶盒裡又被頑皮的小妖精藏在森林去了，得花很多心力去追尋……

當我和芊妤姊聽完了那場鋼琴獨奏會和其他聽眾魚貫走出演藝廳的時候，我們一起在星光燦爛的夜空下逛了文化中心外面草地上的石雕。然後她用很輕的音調問我：

「小瀚，為什麼我們會在這裡呢？」

我第一個反應，是芊妤姊妳約我來的啊。但我知道這不是芊妤姊想要聽的答案。

我只是像抬頭注視天上的星星那樣凝視著芊妤姊的眼睛。

芊妤姊把雙手藏在外套裡頭（因為氣溫變冷了，她套上了一件白色的薄外套），只露出手指頭，用兩手的指頭遮住了她好看的唇形。她說：「我是說……這是一場很棒的演奏會，可是如果我和你早幾年可以一起來聽什麼演奏會就好了。」

「早幾年？早幾年的話我可能只是高一的學生說不定還是國中生喲。」突然發現原來我和芊妤姊的年紀差了好多，如果只是九歲、十歲這樣抽象的數字可能還沒有感覺。可是轉換成大學女生和國中小鬼頭，那樣的具體形容就非常的明確。

她在文化中心外的草坡上繞了一圈，然後在一個名為「木瓜溪橋」雕塑品旁邊的草地上坐下來。我跟著坐在她的旁邊，她把頭輕輕靠在我的肩膀上。然後嘆了口氣說：「我當然知道。我是在台北讀大學的，如果我在讀大學的時候，你也是大學生的話那就好了。我們都喜歡讀書，也喜歡聽音樂，一定很有話聊。」

「可是我不怎麼喜歡數學喲。」我說。

「沒關係，我不討厭文學，而且我可以教你數學。」芊妤姊笑著說。

「那可真的得謝謝芊妤姊。」

「別客氣啊，如果真的那時候認識你了。說不定我會非常、非常喜歡你。」

「那現在呢？」

「你太年輕了。你才十八或十九歲吧……我已經……唔……相差你好幾歲……」

擁有數學博士學位的芊妤姊當然不可能連單純的加法都算不出來，她只是不想說出自己的真實年齡罷了。她有點沮喪地低著頭。

「如果我已經六十歲的話，那時候從百分比來看，我們年紀相差不大……如果六百歲的話，那麼即使相差一點點歲數好像也不算什麼。」

「傻瓜，誰能夠活到六百歲……」芊妤姊說。

我們一時間沒有說話，就那樣抬頭看遠方的星星，坐在這裡可以看到遠方的海，墨色的海，在海面上有幾艘停止不動的水泥貨船，船上掛滿白熾的燈光，那水泥貨船的船身應該有好幾百公尺長，但現在卻只像夏天被太陽曬得發亮的葉子那樣，我心想著那些白得刺眼的燈光什麼時候會熄滅呢？

但不論如何那些光都和星星一樣恆久地存在於我們眼前。

6.

我和芊妤姊那樣約會過幾次。

她還是非常孩子氣，喜歡吃花蓮市區賣的蜂蜜口味綿綿冰以及加了很多刨冰的包心粉圓。可是每次吃的時候都會皺眉頭說好冰。通常約會的時候都是她開車載我，把車停在靠近海邊的停車場。然後我們像健行似的走路，從中華路走到中正路，穿過明義街沿著舊鐵道區走到中山路更過去靠近抽水站的河堤旁邊。有時候她會想爬到河堤上面看風景，那個時候她會買總是特價一個十元的泡芙，共買四個，一個人兩個那樣邊走邊吃。

有一次坐在河堤上的時候，芊妤姊又問我有沒有喜歡的女孩子。

我想了一下不知道該怎麼回答。

她認真看著我的眼睛，臉貼得極近。

芊妤姊那天綁起了馬尾，用綠色的束髮帶綁著，可是髮絲還是被風吹過來貼在我的臉頰上，有一種很癢的感覺。可是非常舒服，還能夠聞到芊妤姊她淡淡的髮香。

「那以前戀愛過嗎？」

我點點頭。

「什麼時候？」

「半年以前，就快一年了。」我是在剛上大學不久時就認識小仙的，那是個夏季氣溫殘留的秋天，很多地方的蟬仍高聲唱著惱人的聲調，可以舒適地穿著短袖服裝的時節。

而現在一年級的課程快結束了。

關於和小仙的戀愛，怎麼開始的，尤其怎麼結束的。我很想找人討論清楚。陳大偉是我的好朋友，但他的戀愛觀我完全不能理解，因此我從來沒和大偉提過有關小仙的事。

我想女孩子的事情，女孩子應該最清楚。也許芊妤姊可以解答。

雖然我也很喜歡芊妤姊，跟芊妤姊談起我前女友的事情會有點尷尬，不過我甚至連芊妤姊的手都沒有牽過啊。她好像總是把手放在口袋裡，沒穿外套的時候，就把手放在包包上，不太讓我有可以牽她手的機會。

我總是會想起芊妤姊說我心裡有一個「硬殼」，但我覺得說不定芊妤姊也是那種有「硬殼」的人啊。雖然她對我總是非常親切，但我總覺得就像有一道「硬殼」的界線那樣，她站在線的那一端對我微笑，可是當我要靠近那條線的時候，她總是板起臉來說小瀚啊，不可以過來喲，你再過來的話芊妤姊要生氣了。

那時候我不知道為什麼會有這種感覺，但我無法不這麼想。

女孩子就像不同的生物啊，很難知道她們在想什麼。

也許可以把小仙的事情告訴芊妤姊，詢問她的看法。

我把那個想考戲劇系的女孩子的事情告訴芊妤姊。說到怎麼跟小仙認識的，然後我提了一大袋書去借給小仙的時候，芊妤姊就咯咯發笑。

「芊妤姊，妳在笑什麼？」我覺得有點受傷。

「你啊……」芊妤姊用食指輕按了幾下我的頭然後說：「嘿，你知道小仙為什麼要跟你借書嗎？」

「啊，她想看書啊，不是嗎？」

芊妤姊注視著前方的河水，有人在河的對岸放煙火，依稀能夠看得到身影，是一個大人，兩個小孩，應該是爸爸帶著孩子到河邊來玩的情景。

芊妤姊搖頭說：「她其實沒有預料到你會借給她那麼多書喲。小仙她只是想跟你借一本很簡單但有趣的書。她喜歡你，想要跟你有共同話題。不然的話……一個高三要準備考大學的女孩子，又是立志要考戲劇系，為什麼向你借有關文學的書呢？」

經由芊妤姊這樣解說，我恍然大悟。所以那天在海邊的頂樓餐廳，她才悶著一張臉不太說話的樣子，她不是真的想看翻譯小說，也不是想知道托爾斯泰或卡夫卡到底是什麼人啊……她只是裝作對於文學有興趣，想更知道我是什麼樣子的人，為什麼那麼喜歡看書而已。但這一切的一切我完全不知道。

我拔了腳邊從河堤水泥縫隙中長出來的雜草，然後拋到夜空中，那些草莖很快被風吹散，我只是透過遠方的路燈看那些草重新落到河堤坡面上。沒有說話。

「然後呢？你們怎麼分手的。」

「她想要跟我做愛。我不肯，我覺得至少要等到彼此約定近期結婚的那個時候……」說起來有點尷尬，但我還是說了：「然後她生氣了，說連保險套都準備好了，而且班上也有很多同學已經有經驗。」

「最後呢？」芊妤姊歪著頭看我，眼睛非常明亮，給我像月亮那樣溫柔的感覺。

「她爬起來整理了一下頭髮，然後叫我離開不要再去找她了。後來我也嘗試聯絡過她幾次，但她真的完全不理我。」我懊惱地搔了搔頭。

「可憐又誠實的小瀚。」芊妤姊把肩膀靠著我，然後她站起來蹲跪在我身後，然後雙手摟著我的脖子用她的臉頰貼著我的臉，她用很輕柔但非常清楚的聲音對我說：

「你真的很棒，可是你傷害她了也傷害你自己呢。」

「我不知道該怎麼做。」

「我也不知道。不過戀愛本來就是兩個完全不同或者不太相同的人努力溝通產生認同，最後希望和對方一輩子在一起的過程。」芊妤姊聲音輕柔得讓我想到蝴蝶停留在花朵上的姿態，她說：「雖然不一定每一個人戀愛都能一次就決定了幸福的一輩子，應該說大部分的人都不可能那麼幸運。但我們都在努力找尋正確的答案噢。」

「可是我不知道什麼是正確答案啊？」

「不知道也沒關係，到時候再做選擇就是了，而且沒有完全正確的人生啊。

芊妤姊我呀也做了很壞的選擇呢。」

「咦？很壞的選擇。」

我想轉過頭去看芊妤姊，但她用很大的力氣摟住我的脖子，雖然不至於推不開，但如果強硬推開的話會非常不禮貌，於是我放棄了就靜靜的等芊妤姊繼續說下去。而她好像咬了一下嘴唇然後才說：「我啊，最壞的選擇就是比小瀚你還早出生，而且早了好久。如果、如果我大學就遇到你了。叫我放棄最愛的數學也可以。因為小瀚是誠實、善良又溫柔的人哪。」

她說完我感覺到臉頰有些濕潤，稍微把頭歪了一邊，才發現芊妤姊哭了，眼淚從她臉頰流下來。因為我們兩個人的臉緊貼著，所以我的臉也沾到她的淚水。

我捧起芊妤姊的臉，什麼話也沒有說就親吻她的嘴唇。

她睜大眼睛，抖動了修長的睫毛，然後淚汪汪的眼睛閉了起來，同樣地回應我，然後好像全身力氣都轉移到我身上來，她整個身體鬆軟下來，只是輕輕靠著我。我感覺啪一聲，或者兩聲，我和芊妤姊兩人心靈的那層「硬殼」都被撬開了，這時候我真的能夠靠近芊妤姊，非常地靠近——

沒有悲傷或什麼最壞的選擇。就像全世界每一對戀人接吻那個樣子，一種幾乎溢滿胸口的幸福止住了芊妤姊的淚水。她只是專心回應我的吻，然後坐到我身邊來用力抱住我，我也用差不多的力氣擁抱住她纖細的身體。這個時刻這裡是全世界最美好的河堤，我和芊妤姊細微地用全身的動作表現出那一瞬間的幸福感。然後她深深嘆了一口氣輕輕推開我，一隻手仍握著我的手，然後另一隻手害羞地擦拭臉頰上未乾的淚水。

她眨眼看了我一會兒，然後望向不遠處的河川對岸。

剛剛放煙火的父子已經走了，對岸什麼人也沒有，靜謐的河水像眼淚一樣把什麼沖到太平洋似的。

「小瀚，你會想要我做你女朋友嗎？」芊妤姊整理了一下頭髮。

「想。」我點點頭。

「可是雖然外表可能看不出來，但實際上比起你來說我的年紀很大喲。」

「我不在意啊。」

「可是那是不行的，我不知道還可不可以喜歡你，那是不行的……」芊妤姊說著眼淚又掉下來，然後把頭輕輕靠在我肩膀。

「為什麼？」

芊妤姊沒有說話，只是默默從皮包裡拿出面紙擦拭眼淚，然後又拿出一面小鏡子，仔細地看眼睛和眼睛周圍的妝，然後將小鏡子收起來。然後她轉頭認真地問我：「你肯跟我做愛嗎？」

芊妤姊開車帶我進了郊區的一家汽車旅館，她付了錢以後有點不熟練地將車子倒車進入房間底下的車庫。那是我第一次到這種地方來，對怎麼關下鐵捲門或從車庫踩著鋪地毯的木質階梯上樓應該都會感到非常新奇，但就要和芊妤姊做愛的那種緊張感壓過了那種新鮮感。

二樓房間的燈都是亮的，橘黃色系的吊燈和掛燈將整間歐式風格的房間烘托得有些浪漫。但我還沒來得及仔細觀察房間，芊妤姊就用澄澈的眼睛凝視我，那透明得像春天晴朗天空的眼睛不知道為什麼看起來有些悲哀，連帶芊妤姊美麗姣好的臉龐都讓人覺得在悲傷什麼，而她形狀好看的嘴唇微微動著，不久她抱了我一下，嘴唇迎了上來。

彷彿是快要黎明的那時候，陽光從太平洋海平面那一側刺破了早晨黯淡的橘紅霞光。是那種連整個世界都快燒起來的熱情呀，我呼應著芊妤姊的吻，然後彼此用手隔著衣服撫摸對方的身體。芊妤姊已經把外套脫掉了，她穿著露一邊肩膀的灰色寬鬆T恤，米色棉質的迷你裙，我隔著衣物撫摸她成熟而形狀美好的胸部，纖細窈窕像瓷器優美線條的腰，渾圓緊實的臀部——

「我的身體還很年輕喲。」芊妤姊喘著氣說。然後她的手探到我的襯衫裡面，我記得那時候穿一件淺藍色的襯衫和牛仔褲，她撫摸著我衣服下的身體，然後窸窣地幫我解開衣服和褲子鈕釦。

我像在做夢的那種心情，同樣將芊妤姊的上衣脫掉，也脫了她的裙子。一邊撫摸芊妤姊光滑得像絲綢的身體，我突然想起了小仙，我是不應該想起小仙的，可是為什麼那時候我堅持不肯做愛呢？

如果我聽從小仙的話把那硬硬的東西放進她的身體，後來我們會怎麼樣呢？

人生並沒有如果或可以反覆重來的選擇，我努力把關於小仙的設想都拋在腦後，專注地探索芊妤姊依舊青春美好的身體。芊妤姊穿著粉紅色的可愛內衣褲也被我脫下來了，當我的指頭滑過她身體敏感的部位時，芊妤姊她發出了細微地接近小動物呢喃的那種聲音。

那種悅耳的美好聲音總吸引我再次去親吻芊妤姊的嘴巴。芊妤姊時而把眼睛閉上，時而抖動眼睫毛認真看我的臉，好像是那種想要從我的表情看出些什麼似的。她把一隻手停留在我的左胸，感覺我心臟跳動的頻率，然後微笑地將頭靠在我的胸膛。

我笨拙地撫摸她赤裸的胸部，感覺乳頭好像稍微變硬。在房間那特意設計來烘托情趣的燈光照射下，芊妤姊的身體好美啊。就像晨霧的花蓮海邊突然霧散開去了，讓人覺得這個地方那個地方怎麼能夠那麼美好。我愛撫著芊妤姊的身體，指頭觸及到她的陰毛和陰道。陰道非常潮濕而溫暖。

芊妤姊也握住了我因為興奮而硬挺的陰莖。她蹲下來用嘴巴幫我了一下，然後指床邊放的保險套問我：「要放進去了嗎？」

我點點頭。

她幫我戴上了保險套，確定空氣沒有跑進套子裡面去以後要我先躺著。她用手調整了我的陰莖以後放進她的身體裡。一時之間我感覺溫暖而舒適，就像浸泡在全世界最棒的溫泉裡的那種感受。她搖動了一下身體，然後趴在我身上，就那樣安靜地不動。我擁抱住芊妤姊，她也抱住我，耳朵輕靠在我胸膛，長久之間兩個人都沒有說話，好像來這裡只為了聆聽彼此呼吸和心跳的聲音。

我們就這樣停頓了好久，然後不知道誰先開始動起來，彷彿彼此磨合靈魂那樣地移動身體。我想起了花蓮秀姑巒溪的鵝卵石，彼此在溪水中撞擊的鵝卵石在經歷過千萬年後終於彼此渾圓近似鵝卵的模樣。靈魂也需要如此的撞擊吧，削去多餘的稜角讓一些屬於純粹的部分保留下來。

純粹的，部分保留下來。

因為我們身體動得很慢，因此花了好久的時間我才射精。雖然射在保險套裡面，但芊妤姊的身體仍然抖動了一下。她甜甜朝我微笑：

「小瀚，舒服嗎？」

我點點頭也微笑。不知道為什麼她的聲音讓我覺得好透明，甚至有種芊妤姊的身體也透明起來的錯覺。

因為我不知道女孩子高潮的反應，因此我問芊妤姊：「那妳呢？有高潮嗎？還是我……我可以再一次……」

她歪著頭臉紅看我，然後甜蜜地點頭說，你是很棒的，和你做愛非常舒服。真正的做愛應該就和小瀚你這樣，是帶著感情和靈魂去做的喲。小瀚你真的很棒……

不過我們離開汽車旅館回學校的路上（芊妤姊住校外，她要先把我送回宿舍），握著方向盤的芊妤姊一直保持沉默不說話，然後她又哭泣起來了。我問她怎麼了，她搖頭不說話。過了好一會兒她跟我說：「小瀚，我想離開花蓮了。」

我追問為什麼，但她又將洗完澡後沒有擦口紅的嘴唇緊閉起來。

我和芊妤姊做愛之後，還是跟往常一樣，如果我有在理學院上課的時候，下課時我會去找她喝咖啡然後一起吃飯。偶爾她會搖頭帶著歉意拒絕說小瀚抱歉喲，今天有點忙，可不可以幫我去買個便當回來。那時候我就知道她真的很忙會很樂意幫她跑腿。

在那之後隔了一個禮拜，我下課後依照往常去敲芊妤姊研究室的門，她沒有回應。我覺得有些奇怪地自己到湖畔學生餐廳吃飯，下午回到宿舍睡了個午覺醒來後從宿舍分機打電話到她研究室去也沒有人接。

隔天早上我又打了一次電話同樣打不通。下午我假裝是數學系學生打分機電話給數學系辦公室詢問芊妤姊的事情。系辦助教小姐說芊妤姊家裡有事臨時離職了。

芊妤姊離職了，可是沒有告訴我。

如果芊妤姊喜歡我的話，為什麼要離開花蓮呢？而且離職卻不跟我說一聲，如果她不喜歡我的話為什麼會跟我做愛。

在大學一年級學期末的時候，小仙和芊妤姊的問題一直困擾著我。為什麼有的女孩不跟她做愛而離開我，而有另一個女孩因為跟我做了愛而且說非常舒服卻離開我。這個問題就像小貓想追自己尾巴卻又抓不到地那樣困擾著我。在這個時候，我的好朋友陳大偉決定出來選系學會會長，他拉我和一些同學加入他的競選團隊，然後他當選了。

他要求我當系學會秘書但我拒絕他。我說我不適合參加什麼公眾事務，他最後只要求我在迎新活動時幫他忙，他笑著說可以認識可愛的學妹哦，雖然我不是為了什麼可愛的學妹才去幫忙。

但的確因此認識了一些可愛的學妹。

只是我那時候想起了小仙她今年也應該考上大學了。是不是考上了她想要讀的戲劇系，然後她也被別人當成「可愛的學妹」之一。我真的很想念她，然後也想起了我和芊妤姊的事，想到這裡心情就沮喪地像找不到蜂蜜吃的小熊哪。

我開始覺得和某個人相處，只是一個人生的通過點。

我們只是在和別人相處經驗中，通過對方然後前往未來去的呀，每個人都是孤獨的。好像因為這個樣子，被芊妤姊打開的那一層「硬殼」又合上了，而且比以前更加厚實。那樣地把自己與整個世界隔絕開來似的。

我不知道大二上學期一開始的時候那陣子是怎麼度過的。那時候我和大偉都搬出了宿舍，雖然我們一起去找出租套房，而且租了同一棟學生公寓的套房，但他租了二樓邊間比較貴的房間，而我租了四樓打開陽台落地窗可以看見翠綠山景的套房。因為不住在一起，加上他當系學會會長非常忙碌，彼此往來不像從前住宿舍那麼頻繁了，他那些漂亮的女朋友們自然也不會經常聯繫我幫忙刺探其他女孩兒的動態。我除了大偉以外也沒什麼深交的朋友，那一陣子我真的相當寂寞，除了上課外，就是圖書館看書或房間裡看書，就像勤勞的工蟻那樣把「寂寞」依照相同的路線搬來搬去，直到那個告訴我阿里山「神櫻村」的女孩在圖書館裡叫住了我。

那時候我因為對《史記》〈貨殖列傳〉中有一小段文字有些疑惑，所以站在書庫旁邊的桌子翻閱瀧川龜太郎注本的《史記》。紀雨萱她從我身後走過來，然後歪著頭輕聲叫我：

「學長，你是學長吧？」

咦？我抬頭看了她一眼。那時候的她穿著紫色格子的連身及膝裙，白色的襯衫，乾淨的白襪子和黑皮鞋，長髮後面綁著紫色緞帶的蝴蝶結，模樣簡直像從百貨公司洋娃娃專櫃裡走出來那樣的乖巧女孩子。

「我認識妳嗎？」

「在迎新的時候曾看過學長，在大偉學長講話的時候，你很憂鬱的表情走出教室……唔，其實我們班女同學在討論你喲，說為什麼你總是看起來非常冷淡和憂鬱的表情。好像非常不好相處。」

「什麼？」我有點暈眩的感覺，雖然就像芊妤姊說的那樣，我和她心裡都可能有一層硬殼，把自己和別人啦世界的都隔絕開來，但我也不會特別希望別人對我有「不好相處」的評價。

她睜大眼睛看著我發楞的表情，露出了微笑。我不得不承認她的眼睛很可愛，就像一隻對世界好奇的小浣熊似的。

「好吧，就當我是不好相處的人好了。」我低頭看她，然後疑惑地問：「請問妳在圖書館叫我是為了證明我不好相處嗎？」

她用力地搖頭，然後指著我手上的書說：「我們『文學概論』的老師要我們查〈太史公自序〉的註解，圖書館裡的《史記》好像都被我們班同學借光了，只剩下學長您手上這一本……」

「我知道了！不好意思，這本書給妳用吧。」我把瀧川龜太郎那本厚重的像枕頭一樣的《史記》合起來（日人瀧川龜太郎注本的《史記》真的非常厚重），雙手遞給這個學妹。

這學妹手上原本就抱著五本書，都是和上課有關的書籍，褐色提袋裡也裝了好幾本書。她一時間不知道怎麼拿起這本很重的《史記》顯得有些尷尬。

「真沒辦法，妳要借出去？我幫妳拿好了。」

「啊，謝謝學長。」她俏皮地對我笑道：「我會幫您澄清您很好相處。」

「謝謝喲，說起來妳剛剛那些話已經讓我很受傷了。」

我連同我自己想借的雨果《悲慘世界》四大冊和一本巴爾札克所寫的《高老頭》共五本書，一起疊在枕頭般大小的《史記》上面。抱著那些書和學妹一起走。

「學長的名字叫崇瀚吧？」

「嗯，妳呢？」

女孩子先走到圖書館借閱櫃臺，把準備要借的書放在櫃臺上，然後把學生證交給櫃臺後面的工讀生辦理借書。戴著眼鏡圓臉的工讀生用掃描器刷了學生證，學妹她的名字顯示在電腦螢幕上。

「唔，不用問了。紀雨萱……」我盯著螢幕上的名字說。

為了感謝親切的學長我幫她搬書到文學院的419中文系教室去（其實我也順便要到文學院上課），要我叫她小萱的這個學妹在教室門口猶豫了一下說這個週六如果學長有空想請我吃學長姊們說花蓮市區很好吃的牛肉麵，一家在小巷子裡店名很奇怪叫做「有」的牛肉麵店。

那是我和小萱的第一次約會。我騎機車載她離開學校，她穿著有玫瑰花圖案的白色輕飄飄的長裙，粉紅色條紋的上衣，白色的薄外套。因為穿著長裙的關係，她只能夠側坐在我的機車後座，我們離開學校後沿著濱海公路到花蓮市區去，我想起了和芊妤姊約會的時候，她開著白色的小汽車也是沿著這條路載我到市區去，而這條濱海公路經過花蓮市區往更北一點點的地方，就是小仙她家的花店，花店再過去一點則是小仙她家……

不管過去經歷過的人已經消失在自己的生命裡，是旅途上的「通過點」。有些殘留的記憶像赤腳踏在海邊沙灘上然後走回來，不論怎樣小心翼翼，腳丫子一定會帶著海邊的細沙。

因為想起了海邊沙灘，就問小萱要不要去看海。她點頭說好。

當然花蓮海邊是沒有沙灘的，我帶她來到鵝卵石岸的七星潭海邊。更早之前，我一個人來，和同學來。芊妤姊也曾經帶我來過。風景差不多就像那時候那個樣子，自然風景就像人的個性或喜好、習慣之類的，會因為日子長了或者什麼樣的契機而有所變化，例如：因為認識家裡開花店的小仙，讓我記得一些花語，也因為她想讀戲劇系，讓我選修了「戲劇概論」的通識課。因為曾經和芊妤姊約會了一段日子，也開始讀一點西洋哲學的東西，但無論如何都不會像基因突變似的改變得太厲害。

所以，七星潭還是跟以前一樣。天空透明得像水晶那樣發亮，海水藍得像畫家筆下的顏料，海水正在退潮，我們走在濕潤的石頭海灘上，每顆不同顏色和大小的鵝卵石都被海水浸泡得發亮，彷彿奇異的珍寶。小萱她穿著鞋跟稍微墊高的涼鞋在石頭堆上不太方便走路，不時得抓著我的手才能保持重心，不過她說海邊好漂亮，本來她計畫要跟同學一起來的，謝謝我帶她來。

然後她講起自己是從嘉義到這邊來讀書的。我問嘉義的哪邊啊，「高中的時候我曾經和同學搭火車到嘉義只為了吃嘉義市的火雞肉飯喲。」我說。

她笑了，然後說自己家裡也在嘉義市區，不過在阿里山上還有一座祖先留下來的老房子，現在爸爸媽媽大多數時間也會住在山上，為了種茶。

然後不知為什麼她就講起了神櫻村的事。

阿里山有一棵非常巨大的櫻花樹，而且是一年四季永遠都開花的櫻花樹。

「就在神櫻村這個地方，除了相愛很久的戀人以外，沒有人能夠找得到。」小萱輕輕皺起了眉頭用非常認真的語氣這樣說。然後她告訴我關於阿直和阿春的故事。

我說如果有一天我真想到那個地方去看那棵巨大的櫻花樹。

小萱沒有說話，她只是用手指整理了一下被海風吹亂的頭髮，靜靜地看著遠方的海，有人乘著舢舨很遠的地方在捕魚，但舢舨似乎一直停留在那個地方不動，好像連時間都停止下來了。

那天我們如約定的去吃了那家牛肉麵，後來還看了一場電影。不過我覺得第一次和小萱約會的時候總有些心不在焉的感覺，我有時會想起可能考上台北學校戲劇系的小仙是不是也跟誰在台北看電影呢。然後也想起芊妤姊不知道在哪裡不知道在哪個城市用什麼樣的心情生活著。

我們後來又斷斷續續約會了幾次。大致上的理由就是因為請了對方吃飯，所以對方回請看電影，然後偶爾也約好一起去圖書館看書。小萱並不是特別喜愛文學才讀中文系的，她只是想當老師，但上了大學兩個月以後她說她以後想當大學教授，想要考台北學校的研究所然後在台北讀博士。她說台北的資源比較多，可能要做什麼研究的會比較方便。

因此星期六、星期天我和小萱約會的模式都是早上在圖書館度過，下午到市區逛街或看電影。在圖書館的時候，我會讀翻譯小說或《漢書》，我那時候不知道什麼樣的契機而下了決定說要把《漢書》看過一遍，但我不記得後來到底有沒有完成。而小萱在大一的時候就非常認真讀書，預習和複習上課的科目，也開始研究到底研究所會考些什麼內容，印象中她大一、大二都拿了書卷獎。

她有時讀書累了會歪著頭看我在讀什麼書，她也會非常有興致地聽我談卡夫卡或托爾斯泰，然後笑著問我為什麼不轉系去讀外文呢？「但其實我並不討厭中國古典文學，相較起來中國古典文學也不錯呀。」我說。

我們有時候會一起用圖書館裡的視聽設備聽古典CD或看歌劇，那時候我會想起曾和芊妤姊一起聽過音樂會，芊妤姊還幫我打了領帶。不過那記憶好像快變成褪色的風景照片了。而有一次我和小萱在聽帕格尼尼的作品《弦樂四重奏》時，小萱她突然露出很遺憾的表情說自己小時候得幫忙種茶，爸媽也不支持自己學音樂，她那時候看同學會彈鋼琴或會拉小提琴都非常羨慕。她笑著說如果以後和誰結婚生了小孩的話，不論男孩或女孩一定要讓小孩學音樂。我好像也記得芊妤姊曾經說過自己只有小學的時候練過鋼琴，國中以後媽媽就不讓她學了她覺得很遺憾。

7.

雖然我和小萱經常一起上圖書館或逛街。陳大偉啦或班上的同學都以為我們是男女朋友了，但我沒有牽過她的手或接吻擁抱過，為什麼約會了那麼多次都沒有更親密的動作呢？我想因為我並不是特別渴望女孩子的身體或者我心裡的那一層「硬殼」並沒有再度被打開的原因，而小萱好像也不會特別在意我們是不是男女朋友。所以我覺得我們只是關係稍微要好的那種朋友，有喜歡看書、聽音樂的相同嗜好（雖然小萱不聽早安少女組之類的日本流行歌或舞曲，我也沒有特別一定要聽那個），可以一起約吃飯、看電影能夠相處得很自在的朋友。

然後我升上三年級，她升上二年級，季節彷彿回到從前似的又是秋天，秋天來了我們又多了一歲。

在升上三年級那個暑假我因為在學校裡打工的關係而沒有回家。還不錯的工作，是在圖書館負責整理書、尋書工作的工讀生，相較開學的時候，暑假很少人會待在圖書館，因此工作量相較之下非常清閒，可以在櫃臺或書籍處理室看自己的書。我還是住一樣的地方，不過陳大偉搬家了，這個時候他的感情終於定下來了，認真的和小婷交往而斷絕了和其他女孩的親密關係，並且進一步搬去和小婷同居。

暑假裡的圖書館五點就關門了，有一天在圖書館關門以後，我騎機車回公寓，從電梯門出來的時候，有個很漂亮的女孩子，染著淡淡栗子色的長髮，穿著白色連身短裙，黑色短靴，雙手提著一個米色大包包然後背靠在我房間門旁邊那樣站著。

我走出電梯看著那個女孩子楞了一下。

她卻對我微微一笑說：「好久不見，你變得更帥了喲。」

我揉了揉眼睛，還以為看錯了。

然後下一瞬間，啪一聲我心底的那一層「硬殼」被敲開了。是芊妤姊啊是芊妤姊啊，她染了頭髮，看起來稍微瘦了一點，就那樣站在夕陽餘暉照映下的走廊，走廊盡頭的窗戶是打開的，微弱的晚風彷彿挾帶著霞光那樣吹了進來，那樣輕柔地撩動芊妤姊的頭髮。

「你好嗎？」芊妤姊歪著頭看呆滯的我，用俏皮的聲音一個字一個字那樣地說得很清楚。

然後我僵硬地點了點頭，好像脖子和聲音都不是自己的那樣說話：「我好。妳呢？」

芊妤姊慢慢走向我，我用力睜著眼睛看她走過來的模樣，怕我一眨眼她就像風吹過那樣地消失無蹤。但芊妤姊並沒有消失，她在非常靠近我的地方停了下來，我們幾乎快碰到對方鼻尖那樣地看著對方。然後她抱住我並且說了聲對不起。

「妳為什麼要消失呢？」我問。

芊妤姊好像非常費力地搖頭，像過去那樣把頭靠在我的身上，彷彿傾聽我心跳聲音似的沒有說話。

我用鑰匙打開了房門，牽著她的手——

與其說是牽著她的手不如說用力抓著她的手那樣，將她拉扯了進來。芊妤姊側著頭想參觀我的房間，但我的嘴唇先吻上了她冰涼的唇，她輕輕張開嘴巴然後也用舌頭回應我。和那時候一樣，我們雙手緊緊地擁抱對方，然後用手去探索彼此的身體，像是用手指頭指著天上的星星那樣辨認星座似的，我們是用手辨認彼此記憶裡的熟悉。

「妳為什麼要消失呢？」我再問了一次。然後把芊妤姊輕放在床上用悲傷的眼神看著她的眼睛。

芊妤姊用她那接近秋天寂寥的表情看著我，好像整個房間都落寞了起來。她輕閉上眼睛，眼睫毛像風中的含羞草那樣細微抖動著，然後她又搖搖頭用微弱的聲音說不要問了，我一定會告訴你的。

她不想讓我在這個問題上打轉，摟著我的後頸把我拉近她，然後用力抱我、親吻我。我們兩個人彷彿水中嬉戲的海獅又像飢餓得想要吞噬對方的蛇類那樣纏繞在一起。過了好久她才從床上坐起來，先整理了一下頭髮，然後把衣服上的縐褶拉匀。

我躺在床鋪上歪著頭看芊妤姊的動作，然後又想到了另一個問題。

「芊妤姊，妳怎麼知道我住這裡？」

「這次，叫我芊妤好嗎？」她既溫柔又甜蜜地看著我。

「唔，好……芊妤。」我也坐了起來，沒有像她那樣細心整理衣服，只是隨手抓了抓頭髮，那樣子反而讓頭髮更加凌亂得像雜草。

她環顧了四周，在我的書桌上發現一把梳子，於是拿著那把梳子要我轉過身去幫我梳頭髮。她跪在床上幫我梳頭一面解釋說，「我明知道你已經三年級了，說不定暑假也不在學校，但我還是去你一年級時的那間宿舍看了一下，然後我到數學系辦去找認識的助理，請她撥學校分機到中文系辦。」

芊妤姊，唔，是芊妤她猶豫了一下繼續說：「你知道學校裡的系辦助理們大多互相認識，所以就請中文系的助理小姐查了一下三年級李崇瀚的聯絡方式。然後原來你也有手機了啊。時代進步得好快呢。」

「芊妤姊……呃，芊妤妳那時候把手機號碼停用了。對吧？」我有點受傷。

「對不起，那時候真的有點事……」芊妤的手指頭輕輕撫摸我的頭髮，把我的頭髮弄整齊，然後把臉靠著我的頭髮那樣從後面抱著我。

「到底是什麼事呢？」

「我會跟你說的，但不是現在啊，對不起……」她的聲音很輕，像稍微緊繃點就會斷掉那個樣子。這讓我決心不再追問。

芊妤環顧了一下我的房間，然後轉移了話題，歪著頭問我這個房間房租一個月多少。

「一年四萬，也就是一個月四千。簽約一年免兩個月房租。」我說。

「好像跟以前我住的地方差不多。」她點點頭，然後站起來走到我書桌旁邊，看了一下桌子底下，有書法用具和一大疊過期用塑膠繩綁起來的文學雜誌。然後她又笑著問：

「有色情書刊嗎？或硬碟裡面有A片？」

聽到這一句話我好難過，在我大學一年級的時候。芊妤她約我去聽演奏會之前突然闖入我的宿舍，就那樣俏皮地問我。隔了一年多沒有她的消息，今天又聽到了她說同樣的話。想到這裡我不禁覺得鼻酸然後眼淚就掉了下來。

「小瀚，不要哭……」她走到我身邊抱住我的頭，就讓我的額頭輕輕抵著她柔軟的胸部，她溫柔地說：「小瀚，不要哭……如果你哭的話我也會想哭出來喲。」

我深呼吸了好幾次才勉強把心情調整過來。然後她才放開我，像撫摸小狗那樣輕輕摸我的頭，然後坐在我的旁邊。

我們坐在床邊說話，然後她把手輕放在我靠近她的那一隻手的手背上，她抬起頭像好奇的孩子似地看我書架上的書，然後輕輕唸那些書的書名，《詩經》、《樂府詩集》、《左傳》……接著唸一大排翻譯小說的名字。比起一年級的時候，我書架上的書又多了不少。然後她咯咯地笑了。

「那本《邏輯研究・第一部》是我借給你的吧？我一直忘記到底放到哪裡去了呢。你把它跟送你的亞里斯多德《詩學》放在一起。」

「誰叫妳不把它拿回去。」我說。

「你喜歡胡塞爾嗎？」芊妤看到在《邏輯研究・第一部》旁邊有另外一本胡塞爾所寫的《生活世界現象學》。

「看不太懂，可是我想偶爾翻一翻，總有一天會看得懂的。」

「你真有趣。」芊妤用澄澈的眼睛看著我然後說：「《邏輯研究・第一部》是很棒的書喲。『體驗是實在的個別體，受時間規定，生成並且消失。但真理卻是永恆的。』」

我對芊妤這段話有點印象，好像是胡塞爾說過的，於是我想了一下說道：

「也就是說真理啦愛啦或者思想之類東西都是類似一種超越時間的想法，一種觀念。把『愛』限定於某個時間中或者是把持續性的觀念在時間中安排一個位置是沒有意義的。」

芊妤瞇著眼睛看我，她的眼睛散發出迷濛的光采，她說：「小瀚，你真棒。你很瞭解胡塞爾了嘛！」

「我只想瞭解芊妤姊……」

「嗯？」芊妤瞪了我一眼。

我修正了語句說：「我只想瞭解芊妤妳啊。」

芊妤她回到我身邊，然後和那時候在河堤上一樣，把頭輕輕靠在我的肩膀上：「你還是和過去那樣喜歡讀書。讀大仲馬？」

我想起了和芊妤初次見面的時候，我就是在讀大仲馬的《三劍客》。我點點頭又搖頭說：「已經不讀大仲馬了。不管怎麼樣我覺得托爾斯泰或杜斯妥也夫斯基為主的俄國文學都不錯，還有……嗯，對了，芊妤有讀卡繆嗎？他也是哲學家啊。」

「……《異鄉人》和《薛西弗斯神話》嗎？」芊妤輕輕地說。

我點點頭然後說後面那一本有點難讀。

「小瀚你已經夠棒了，得留一些書等以後長大一點才讀啊。我在想如果能看到三十歲、四十歲以後的你，你一定會比現在更好、更出色。」

「妳一定可以看得到的。」我用力握住芊妤的手。

她安靜地微笑回應我。

然後我們短暫沉默了一下子，她又轉頭看我的眼睛，好像天文學家觀測星星那樣地看著我的眼睛。她輕聲問：

「小瀚，你還想跟我做愛嗎？」

「有點想。」

「嗯？」

「想，非常想。」我點頭說道。

「那麼，再抱我好嗎？」

「可是我沒有保險套。」

「你現在沒有喜歡的女孩嗎？」芊妤停頓了一下語氣，然後抬頭看著我說：「除了我之外。」

我想起了小萱，我不知道是不是真的很喜歡她。但我想她還沒有把我內心的那一道硬殼敲開。而且我甚至都還沒跟她牽過手啊。

我不知道怎麼回答她。

「有喜歡的女孩子，可是還沒有進展到使用保險套的階段嗎？」芊妤她眨眨眼。

「我現在最喜歡的人就是妳了，而且『愛』也是一種超越時間的觀念和想法喲。我從大一的時候就開始喜歡芊妤妳了。」我下了決心然後這樣對芊妤說。

「我知道，你這個笨瓜。」芊妤甜甜地笑著，然後用手指輕輕點我的頭。然後她開始脫我的上衣。

「可是，芊妤姊……我說芊妤，我房間沒有保險套這種東西啊。」

「沒關係的，我們等等或明天再去買事後藥就行了。」她說。

芊妤堅持把房間裡的燈關掉才脫衣服。「我變老了啊，我不想讓你仔細看到我變老的身體。」她說。

可是透過夜色看見芊妤的身體，那朦朧的光暈把她美好的身形襯托得更加夢幻。望著芊妤赤裸的身體，我好像在做夢一樣。黑暗中她的身體彷彿在發光似的。或者說此刻芊妤的身體被宇宙定義成「光」這種東西。我擁抱著她，撫摸著她，手指頭從她美好的鎖骨往下滑動，幾乎不費力地愛撫那我失去了很久的身體，失去了很久的「光」。我整個人好像浸泡在一種溫暖、靜謐、安祥又甜蜜的光團當中，說不定類似宇宙最初的那種甜美，生命的甜美。我撫摸著芊妤她最潮濕的地方，她同樣熱情的呼應我。像星星呼應著遙遠距離的星群那樣，彼此形成意義，結構成星座。

芊妤溫暖的手掌包覆著我的陰莖，輕柔的摩擦。然後她用空出來的那一隻手整理了頭髮，爬起來溫柔地舐舔那個地方，那個地方彷彿滑入了被晴朗陽光曝曬了一個早晨的海洋那樣溫暖，海潮或者洋流那樣柔和地旅行過靈魂的邊界，我感覺到再也沒有比這個時候更舒適的事了。

我的手指像旅行者那樣遊覽過芊妤的身體，她開始輕輕喘氣然後說可以放進去了。像被放逐到森林外流浪的小熊回到森林裡那樣愉快地我進入了芊妤的身體。她輕輕嘆氣，是那種滿足而美好的嘆氣。

芊妤把雙手按在我的肩膀，稍微皺眉想推開我，但下一瞬間又抱緊我同樣赤裸的身體。有什麼秘密正在黑暗中偷偷進行著，過了很久。好像春季夜空中所有的星群依照星圖的排列都到了定位。就是這一刻……

宇宙安靜了下來。

我和芊妤同樣沉默了下來。只有我們覺得美好的在靈魂和意識的世界裡喧嘩。我們撫摸彼此赤裸的背。

芊妤在黑暗中再度凝視我的眼睛，像要在我的眼睛中尋找她的倒影似地看著我。然後臉頰紅潤，身體微微冒出細汗的她用氣音害羞地說，可以再來幾次嗎，然後輕輕咬著下唇尷尬地看著黑暗中的天花板。

那天晚上我和芊妤姊都沒有吃晚餐，就那樣不斷地做愛。然後我就睡著了。醒來的時候，芊妤姊背對著我坐在我的書桌前面，她洗過澡了，應該帶了換洗衣服來，所以她盤起頭髮，穿著一件自己的粉紅色上衣，藍色棉質的小短褲，一面喀喀喀地吃餅乾，一面看書。所以我也聽到翻書時紙頁摩擦的細微響聲。

我的房間裡從來沒有女孩子進來過，當然班上的同學或小萱偶爾會說唉呀我想進來參觀一下可不可以。也說什麼時候輪到我的房間來討論小組作業，我總是安靜地微笑然後說我房間很亂，即使真相不是這樣的——

我房間裡的那一道門也是我的「硬殼」。那樣地把我和世界以及其他人隔絕開來。不過現在芊妤她坐在我的房間裡，乾淨而整齊的房間裡。書架上的書我都依照大小和出版社作為分類仔細地排好，每個禮拜我會用濕抹布和紙巾擦拭書架可能累積灰塵的地方。書桌上疊著一大疊上學期上課用的A4影印講義和老師交還給我的作業。我也整齊疊好用長尾夾夾著。

桌上沒有任何布偶或者公仔之類的東西，牆壁上沒有美女海報或NBA黑人球員的大型海報。對主修人文學科的我來說，那些東西並不是沒有用處，我得承認總有些看起來沒有用處的東西實際上卻是能支撐心靈或穩定情緒的重要力量。只不過我認為這個租賃的小套房也只是我一個「通過點」，我總有一天會通過這裡到達其他地方去。因此我極力地避免去創造個人特色的房間，所以我的房間平凡單調地沒有任何風格。

但看見芊妤美好的背影，不管什麼樣的衣服穿在她身上都非常的好看——我覺得她的存在讓我的房間好像高級而且不平凡了起來。充滿了一種幸福的感覺。

「現在是什麼時候呢？」我轉頭看落地窗外盈滿陽光的陽台，仔細聽的話可以聽到窗外的鳥叫和風吹過附近兩層樓高芒果樹搖晃樹梢發出來的聲音。

「達太安和三劍客約定好準備決鬥的時候。」她轉過頭來咬著餅乾喀嚓地吃了一口，然後說：「很抱歉沒先問過你就吃了你房間裡的餅乾。」

（原來她在看大仲馬所寫的《三劍客》……）

「因為我們昨晚都沒吃東西嘛。」我說，然後坐了起來看見桌上的鬧鐘已經是下午兩點多了，她把我買的蘇打餅乾遞給我。我也吃了一片。

我們那樣度過了五天，我去圖書館打工的時候，芊妤有時會留在我的房間看書、上網和聽音樂。有時候她也會跟我一起去圖書館，她用駕駛執照換臨時閱覽證，我知道她會坐在西洋哲學區書架附近靠窗的座位，那是依照圖書分類的索書號140到190之間的閱讀區域，以那時候我們學校圖書館來說是書庫三樓靠近東邊的位置。暑假圖書館裡空蕩蕩的，我想像那裡面只有看不見的幽靈像在森林裡散步那樣穿過了高大而密集的書庫。

我排列那一區歸還書的時候會看到芊妤，她那時候桌上大半放尼采或柏拉圖的書，也曾把杜斯妥也夫斯基的小說《被侮辱和被損害的人》、《罪與罰》放在桌上過。她總是皺著眉頭在窗戶旁邊非常認真看書的模樣。有時候會用粉紅色的保溫杯到飲水機的地方沖泡咖啡即溶包。雖然圖書館裡禁止飲食，但用保溫杯泡茶或咖啡這樣的事是誰也不會計較的呀，她就那樣一面小口啜著咖啡一面看書。看到我的時候會微笑，像小女孩那樣地微笑，非常燦爛可愛。

不打工的時候，我們會在房間裡看VCD或者看書，也會到花蓮市區去逛街。像是來這個世界上旅行的觀光客那樣，和她在一起就覺得對任何事情都有好奇心，所有的事物都有好風景。

第五天的早上，我還記得兩天後就開學了。她起得很早，大概五點多就醒了。開車到學校附近的早餐店幫我買了早餐。她知道我的喜好，是不加任何沾醬的培根蛋餅，飲料則是便利商店的寶特瓶裝綠茶。

因為前一天我們兩個看VCD電影很晚，所以她買早餐回來的時候我還在睡覺。她坐在我書桌前面問我要不要吃早餐，我懶洋洋地躺在床上說不要，然後她幫我整理了書桌，把一些看過的書放回書架上。用前幾天她送我的鋼筆在亞里斯多德的《詩學》和胡塞爾《邏輯研究‧第一部》上都寫了一些話然後放回去。

我很好奇她寫了什麼於是就爬起來了。她說等她離開了再看。

「妳要離開了嗎？我以為妳會回我們學校工作呢。」我完全清醒過來。

她唔地一聲，然後咬著充當早餐的苜蓿芽三明治，又喝了一口早餐店的奶茶說道：「家裡有一些事，得回去處理。」

我那時候已經知道芊妤她住在彰化，從花蓮開車回去，不論從北部、南部或走那時候還沒有中斷的台九線中橫公路，都是非常遙遠的路程。

「那可以給我妳新的手機號碼嗎？」

她像小貓一樣抬頭看著我的眼睛，然後點點頭，拿起擺在桌上那枝黑色萬寶龍的漂亮鋼筆，撕了一張我桌上的便條紙安靜地書寫。用土耳其藍的漂亮墨水寫下手機的十個號碼，最後旁邊用秀氣的字跡簽上她的名字「芊妤」。

吃完早餐以後，她提著行李離開了，我送她下樓，然後她開車離開，轉了一個彎以後，車子消失了。那時我有點疑惑，她左轉彎入通往學校側門的路而不是往省道離開這裡的右轉，不過我想芊妤在學校裡還有些認識的同事朋友什麼的，也許她是要去打聲招呼那比較好。

我回到房間以後，把房間電話的電話線插了回去，因為前幾天我媽打電話給我，聽到芊妤她在浴室裡對我說話的聲音一直追問我有女孩子來找你嗎、是怎樣的女孩子。我覺得麻煩所以後來就把電話線拔掉了。當然我心裡可能還有其他想法，例如小萱在暑假的時候大概每隔幾天就會打電話給我，我不希望我在芊妤面前跟其他年輕女孩子講太久的電話。

也許我不希望小萱知道芊妤的存在，也不希望芊妤知道小萱的存在。雖然我不認為我正在和小萱交往，但如果我重新開始和芊妤交往下去，她們遲早有一天會知道對方的。這是什麼樣的心理呢？

也許我真的真的是覺得要處理人際相處的問題，情感的事情太過麻煩，所以才把自己關進了「硬殼」裡面去吧。我坐在床上看看放在桌上的鬧鐘，時針的指針指向接近八點的地方。今天我沒有圖書館的打工，因此可以繼續睡覺。我想著到底還要不要繼續睡覺呢？不要那麼墮落爬起來讀一讀杜斯妥也夫斯基的小說或者三年級以後要上到的「中國思想史」——我已經從學長那邊便宜買到了二手課本。

雖然這樣想著，抓了抓頭髮以後決定躺下來看著天花板繼續想。然後就睡著了。

好像做了什麼夢，夢見我牽著芊妤的手往南邊走，可能是光復、玉里或更南邊台東那裡的山區。周圍一片墨綠色、橄欖綠色或鮮綠色的色塊，摻雜著藍色類似海洋的顏色，好像是土耳其藍的那種漂亮色調。芊妤發亮著眼睛說唉呀這款鋼筆墨水好漂亮！那時候她很愉快，像是秋天的時候可是春天就快要到了……，我說。

然後突然想起了在春天之前還有一個漫長的冬季。芊妤她臉上快樂的表情突然就消失了變得有些頹喪和憂鬱，我們牽手並肩地站在圖書館裡。

「圖書館裡到處都是幽靈喲，書的幽靈以及喜歡讀書或被困在書堆裡面的幽靈。」她用乾淨得有點悲傷的聲音說。

「即使真的是那樣，我們還是不能不讀書啊。」我說。

她歪著頭把沒有牽我的那一隻手放在嘴邊，用食指輕輕觸碰嘴唇。然後點頭說對啊，她又眨著眼睛說：「小瀚，我們要一起變成幽靈噢，不管你在哪裡，你要變成我的幽靈。」

我想點頭的時候，圖書館裡突然冒出了火焰，是那種非常透明的火焰，書架，每本書或地板上、天花板都燃燒起來，火焰燒卷焦黑了書，被燒到的書發出啪呲啪呲痛苦的燒灼聲音，有些書因此掉落在地面。那些火焰也像幽靈那個樣子到處飛舞，抓取任何可以燒的東西放進火焰自己的裡面。然後就又燒了起來。

「不要擔心喲，因為小瀚會變更帥的。你四十歲以後會更棒的喲，那時候我們會一起變老。所以小瀚，拜託你不要離開我……」

芊妤突然轉身用非常悲傷難過的眼神看著我，然後摟住我的脖子。

然後是急促得像消防車警笛一樣響起來的電話把我吵醒。那時候已經是下午四點左右，落地窗外的天空還是藍的，但多少帶有疲倦意味的那種藍色，因為沒有開冷氣的關係，房間裡有些悶熱，我全身因為汗水濕熱而不太舒服地從床上坐起來。我接了房間裡的電話，電話那頭是不太高興的聲音，小萱打來的——

「瀚瀚，你最近在忙什麼？手機沒有開機，你房間的電話也打不通。」

「唔，剛、剛剛在睡覺啊……」我抓了抓頭髮。然後轉移了話題：「快開學了，妳回學校了嗎？」

「今天剛回來，本來昨天打電話給你。心想你說不定可以到火車站接我……」

「所以妳現在在哪裡？」

「已經回到宿舍了，我請班上同學來接我的。」

「那就好。」

我正想要不要告訴小萱有關芊妤的事，小萱用一種比較緊張的語氣低沉地說：「學長你知道嗎？學校湖邊那邊，早上有人在橋上自殺了，一直到下午的時候都圍了好多警察噢。」

「自殺？」

「一個女孩子噢，你沒上網啊？學校BBS上討論串一大串呢。」

「我從早上一直在睡覺。」

「瀚瀚你真懶……聽說是以前數學系上的研究員。有人在助教課時被她教過，聽說是一個親切又漂亮的老師……」

「叫、叫什麼名字？」我心底有種不祥的陰影，像蛇那樣從卷曲的陰暗裡立了起來。

「呃，我看一下噢，網路上討論串有寫到的樣子……」

話筒傳來窸窸窣窣的聲音，能猜得出來現在小萱她應該把話筒用脖子和臉夾著，然後輕快地用手指敲擊電腦鍵盤，移動螢幕上游標瀏覽BBS上的文章討論串。

我也拉長了電話線坐在電腦前面，打開了電腦主機電源。但WINDOWS視窗還沒出現的時候，在另一邊上網的小萱已經告訴我那個我不想聽到的答案。

「那個老師叫周芊妤啊，瀚瀚有通識課被她教過嗎？」

「沒有。」我搖搖頭。腦袋轟隆作響，好像世界變了顏色。我花了好些時間調整了呼吸，然後努力想了幾個話題像暑假都在忙什麼、讀了什麼書之類的和小萱聊了幾句。

小萱說想到市區去買東西問我有沒有空，我騙她說我昨天熬夜看書，現在非常非常想睡覺。她唸了我幾句，托爾斯泰和卡夫卡的書一直在那裡又不會跑掉，也不是明天要考試，為什麼你要熬夜看書呢？

我沒有回答。她很不高興地掛上電話。

我的電腦開機完畢以後，我連上學校的BBS系統。看了幾篇有關小萱提到的那些討論串，我仔細看了幾遍那些文章，確定這些不是惡作劇，確定他們說的都是真的，那個自殺的人就是芊妤。可是芊妤為什麼要自殺呢？

我看見早上芊妤留給我的便條紙。

便條紙那漂亮的土耳其藍墨水寫著她後來的手機號碼和名字。

我打開我的手機電源，然後按照上面的號碼撥打給她，電話是關機的。

為什麼芊妤她騙我說要回家鄉處理事情卻是自殺呢？我曾那麼認真地以為芊妤她不只是我的「通過點」。而是像港口或家那樣溫暖的東西。可是為什麼是「死」。

「死」那麼突然地切斷了我跟芊妤她的關係。

我能夠想像她那樣毅然決然地像提著大行李箱出國那樣，跨出了海關或者什麼地方，然後站在那一條線後面用悲傷得像遙遠天空的清澈眼睛看我。再見囉，小瀚，我要走了。

「可是妳為什麼又要走了？」

在我很年輕的時候，我為了瞭解芊妤姊也努力去讀了好幾本哲學的書。我知道死是注定的，是包含在生的一部分裡，這一點在海德格的《存在與時間》

裡面或者其他的書裡也曾經提過……

可是為什麼是現在呢？

我想起了我和芊妤重新見面的第一個晚上，她引用了聽起來有點像胡塞爾的話：「體驗是實在的個別體，受時間規定，生成並且消失。但真理卻是永恆的……」我們活著，然後受了時間的限定，出現在這個世界上然後消失，可是愛之類什麼的卻是永恆嗎？這種事我根本不想承認了啊。

我不想承認了。為什麼芊妤她一定要這個樣子。我哭著想起那年坐在橋上看書，然後幫芊妤姊修理腳踏車的鍊子，第一次或第二次到她研究室喝咖啡的情景，或者其他一切的一切跟她相處的記憶。

然後我抬起頭看著書架上，她送我的《詩學》和借給我可是一直沒有拿回去的《邏輯研究‧第一部》，那兩本書放在一起，在書架的最右邊顯眼的地方。我把那兩本書拿下來，翻開她簽字的那一頁。她在我一年級的時候就在亞里斯多德《詩學》上簽字了。

舊的字跡是用黑色原子筆寫的：

「這本書由小芊在世紀末的某一年夕陽下送給小瀚，希望小瀚能成為大詩人。」

新的字跡用鋼筆沾土耳其藍色墨水寫：

「這是一本好書喲，應該是好書才對。雖然我沒有好好用功讀它。但無論如何小瀚應該會因為這本書而記得我的。芊妤。」

胡塞爾的《邏輯研究‧第一部》也簽了字：

「這本書是我的噢，永遠永遠都是我的……我喜歡也信任小瀚，所以就把這本書先放在這裡請小瀚保管。你得像珍惜我那樣好好珍惜這本書唷。」同樣她也簽了名字和日期。

她應該不是討厭我才離開我的。早上離開的時候也完全好好的，就像只是為了出去買早餐或者牙線棒那樣，可是那麼為什麼要死呢？我完全不知道，真的完全不知道。

我刷了牙，洗了洗臉。然後把一些乾淨衣服丟進買來用沒有幾次的登山背包裡，穿上牛仔褲和平常穿的鞋子，也好好地穿上了說起來太過暖和的外套。

背著背包走出房間。鎖上了門。

我想離開這裡，手機也沒帶地離開這裡。

我沿著芊妤早上開車離開的那一條路往前走，走到了省道。

在決定往南或者往北的時候，我想起了早上做的那個夢，因此我決定了另一個方向。往北邊走。

走到花蓮市的時候接近晚上八點了，我在曾經和大偉也曾和芊妤一起來過但現在變得冷清的自助餐店吃了一個特價五十元的招牌飯盒。在便利商店買了礦泉水然後繼續走著。

我在蘇花公路上的廉價旅館一連住了十天，就躲在那裡，直到身上沒錢了，就去領錢買火車票回花蓮。

那時學校已經開學了。

而這十天這個世界什麼也沒有改變。

只是我留了十天的鬍子，芊妤死了十天。

我感覺很悲傷、很孤獨。好像人本來就是孤獨的，不論怎樣努力交朋友或者談戀愛，有一天也會是孤獨的。

那時候我身上可能非常骯髒，鬍鬚長了一公分長左右。走到台北車站然後買了到花蓮的車票，售票櫃臺後面的台鐵員工先生把車票和找的零錢一起給我。我收下零錢放在褲子口袋裡，然後搭四十五分鐘後的自強號回花蓮。

我為什麼要這麼辛苦地走路來台北只為了搭火車回花蓮。我本來就在花蓮的呀，好像人本來就是孤獨的，不論怎樣努力交朋友或者談戀愛，有一天也會是孤獨的。

人本來就是孤獨的。

我回到公寓的時候，發現我房號的那一個信箱有一封信，簡單用制式信封寄來的信。我伸手將那封信拿出來。沒有寫地址，可是上面的字跡是熟悉的人寫的，是芊好寄來的。

我看了一下郵戳，是她離開我那一天寄出去的。不知道什麼時候她用土耳其鋼筆墨水寫了這封信準備寄給我。我能夠想像她坐在我的房間裡或者是圖書館她那幾天常坐的那個位置寫信的景象。

我的房間就像我離開的時候那樣，桌上擺著《詩學》和《邏輯研究‧第一部》，《邏輯研究‧第一部》底下壓著那張已經失效的手機電話號碼便條紙。我坐下來，顫抖著手用剪刀剪開了信封把信拿出來。

「嘿，小瀚，你好嗎？我想你收到信以前一定非常不好。即使你讀完這封信可能也有好一陣子開心不起來。但是不論如何，我很抱歉。」芊妤這樣寫著：「很抱歉因為我喜歡你而給你帶來痛苦，但我也不想這樣。」

芊妤她繼續寫著……

嘿，小瀚得先跟你說聲抱歉。信紙和信封都是從你抽屜拿的。當然這枝「杜斯妥也夫斯基」紀念鋼筆和土耳其藍墨水瓶鋼筆也是你的，但因為是我送你的，所以你就別計較那麼多好嗎？

其實我知道你真正想計較的不是這件事對不對？

你想問我為什麼來為什麼消失最後真正不見了。然後也許你會覺得人本來就是孤獨的，於是又把自己關在你心底的硬殼裡面去了。不過，我並不擔心，我想總有一個女孩子哪天會重新打開你那一層硬殼。她會在外面徘徊，想看看你，然後用手敲敲那層殼，大聲問你：「小瀚你在這裡面嗎？我要進來囉，如果你不把硬殼打開的話，我就要敲破它了喲。」

然後你們會一起幸福的。

……小瀚，我確實是喜歡你的。雖然我們的年紀有些差距，而且很遺憾的比較年長的那個人並不是你呀。我一直幻想著如果我也還在讀大學的時候，最好是讀大一的時候就認識你了，可以跟你一起長大、一起變老那真的是超棒的事情噢。

於是我也幻想著說不定呀，是我太心急想見到你了所以早了好多好多年來到這個世界。然後我讀了我喜歡的數學系，在大二的時候因為修了「哲學概論」的通識課心想說不定我真正喜歡的是哲學也不一定，不過我也不討厭數學呀，我也想當數學家好好研究數學，深入研究簡諧分析、非線性偏微方程、代數幾何什麼的。就這樣繼續讀上來然後考進了數學研究所。

然後我遇到了我的指導教授。那時候我的指導教授已經四十五歲了，是一個有家庭，有兩個小孩的男人。他的妻子和小孩我都見過。妻子是模樣很和善的女人，從小就和我的老師是鄰居，小孩是一男一女，哥哥比較頑皮，但媽媽生氣起來時就會乖乖聽話，妹妹非常可愛，在幼稚園的時候就開始學鋼琴。

那是一個還算不錯的家庭，對吧。

可是……我的老師對我產生了不好的念頭。研究所二年級的時候，有一次星期五晚上他約我吃飯然後到他那時候的研究室去討論研究專題，那時候他說他喜歡我然後就在研究室裡侵犯了我。那是我的第一次，雖然大學的時候也交過男朋友，但只有那種純純的戀愛噢，因此我非常地痛，不管身體或精神上都很痛。

第二天早上我離開他的研究室，然後就直接回彰化的老家，爸媽問我怎麼回事我都不說，我原本想就這樣休學的。但我的老師開車到彰化去找我，他私下跟我道歉又說了好多話，說我唸的是博碩士一貫課程的學位，如果我不繼續唸下去非常可惜，而且他和國內其他學校的數學系老師都非常熟，我沒辦法再考上其他學校的研究所。

在那種情況下，我又被他侵犯了一次。

然後我又回到學校，好好地把博士學位拿到，每個月都讓他發洩性慾兩、三次。有時他沒有辦法的時候，就用嘴巴幫他。做那些事的時候，我都不看他的眼睛，因為那是只有慾望的惡魔般的眼睛，讓我覺得非常非常地痛恨。

我拿到博士學位以後，他說要到花蓮來任教，幫我安排了一個研究工作。那時候我不想來，可是試著找工作幾次都不太順利，有個南部學校的數學系老師對我說：妳的老師對妳很好，不是已經幫妳安排工作了嗎？

在沒有辦法的情況下，我跟他就到了你的學校來。大家都不知道他真實的情況，我也只能夠把事實痛苦地隱藏起來。喜歡的數學也變成讓我痛苦的原因。只有讀哲學的書時才能讓我稍微得到解脫。

其實在認識你之前我也曾想脫離過他的魔掌。私底下和一個男孩子短暫交往，但不論如何只是當男孩子想要和我接吻的時候，我從他的眼睛看到那種對我身體或我的慾念時，我覺得很痛苦甚至覺得噁心。那讓我想到我老師。

可是幸好遇見了你。很可愛的你。

別怪我這麼說喲，雖然你已經是大學生了。但心地卻乾淨地像小男孩似的。可能跟你喜歡看書有關係吧。從那時候你第一次到我研究室來喝咖啡，把視線留在書架上而不是我身上的時間比較多的時候，我就對你心動了。

然後有一次我們坐在河堤上聊天，你提到和小仙交往的事。我好感動你是這麼一個乾淨純粹的男孩子啊。我好想哭，因為我遇見你了。我遇見你了呀。（現在你正在睡覺，我坐在你的書桌前面，也一面寫這封信一面哭噢，但我不敢哭得太大聲怕把你吵醒。）

然後那一次跟你做愛的時候其實是一種測試，你有發現嗎？當你把你那裡放進我的身體裡時。我一直在看你的眼睛，然後你很害羞地把眼睛轉到其他地方去。我在你的眼睛看不到慾念，那只是愛，只是非常乾淨的愛喲。我想如果我說我現在不舒服，我突然不想做愛了想打開汽車旅館房間裡的電視看購物頻道，你一定也會立刻把你的東西離開我身體。然後我們兩個快樂地坐在一起看電視無聊的購物頻道。

因為你不是想要獲得性交的快樂而和我做愛的，甚至你覺得射精並沒有那麼重要，你只是愛我。我知道。

我從你的眼睛裡就可以知道全部喲。

所以我離開了花蓮，離開了「那個人」。我甚至連離職的手續都沒有好好地辦好就離開了你的學校。小瀚，真的很抱歉那時候沒有辦法對你好好說明。我是因為愛你所以想珍惜我自己才離開花蓮的。很抱歉這些事情不像數學一樣，可以清楚地用算式來說明。愛因斯坦說過：「數學定律越和現實有關，它們越不確實；若它們越是確定的話，它們和現實越不會有關。」

因為這個樣子，即使是我這樣的數學博士也沒辦法好好理解或詮釋現實世界裡的愛情吧。所以……才要讀哲學啊。說不定真的是這個樣子的。

離開了花蓮以後，我應徵了幾家金控公司的財務分析，後來有一份工作應徵上了。在這份工作裡我需要用數學模型分析南非礦業和經濟情況，用來預估某些能源基金未來幾年的價值，也分析過石油期貨和什麼的，很有趣的也真的分析過今年的咖啡豆會跌價的喲，然後也果真如此。

我刻意不找學術界的工作。心想如果幾年後你還單身，身邊沒有女孩子的話我就回到你身邊。當然如果要結婚的話，我不知道你爸爸媽媽會不會贊同你跟我在一起，每次我想到如果有一天非得煩惱你爸爸媽媽那一關的問題時，那是多麼幸福的煩惱啊！

我真的是這麼想的。

不過我一方面希望你能夠交個比較正常的女朋友，至少年齡和個性相符的。或者你跟我一樣，喜歡比自己小很多的小情人那也無所謂。總之，我希望你幸福。你不知道的那一段時間，我就是那樣安安穩穩地過日子的，沒有和誰戀愛，也沒有跟哪個男孩子特別親近。

直到有一天，我的主管跟我說，他在某一個產學合作的研討會遇到我的老師。主管和我的老師是大學社團的朋友，經常一起打網球和吃飯。我的老師說芊妤還是適合學術界，拜託我主管能夠放人，他會重新聘我當研究員。然後熬個幾年，數學系有缺的時候他會想辦法讓我進來學校任教。

我是不想回到那個人的身邊的，但我的主管似乎跟那個人是非常好的朋友。他把我的電話號碼以及地址給了那個人。

他來找我，當然他現在已經有點年紀了，身體沒有那麼大的力氣，完全不能強迫我的身體做任何事，但他仍然噁心地想要控制我——

他臨走前，說了非常殘忍的話。他說不論我到哪裡，這次他都會找到我的……

然後我又再一次離職。這次我回到你身邊很快樂地跟你過了一段日子，也跟你一起有好幾次非常棒的做愛經驗。然後你就要開學了。在開學之前，我寫了信給你們學校，也寫了信給他的妻子。我盡力保留了很多證據也都一併會寄給了他們。（信已經在剛剛的時候寫好，最後一封對我來說最重要的信才是寫給你的。）

但小瀚，很抱歉，我沒有力氣想到未來的問題。我寧可去面對許多哲學家都討論過的——關於死亡這件事。我想說不定「死亡」對我來說才是最輕鬆的。

我知道死亡並不是最幸福的。小瀚，我都知道在你身邊才會是我的幸福。只是，小瀚，對不起，請你不要責怪任何人或者責怪我。不論怎樣我都感謝因為認識你而發現有比學習智慧更快樂的事……

芊妤書寫使用的那些信紙是我剛上大學的時候買的，那時候曾寫了一、兩封信給高中時的學妹，是有可愛圖案的紫色信紙。芊妤寫了整整八張信紙，信紙上水性墨水的鋼筆字在很多個地方都被眼淚化開。我心疼地想她是在多麼難過的情況下背著我寫這封信啊。

我也心疼她什麼事都沒讓我知道，有點厭惡自己為什麼年紀那麼小而什麼事也辦不到。

我把那幾張信從頭到尾又讀了一遍。把信紙放回信封。信封夾在芊妤永遠不會再回來索取的那本《邏輯研究‧第一部》裡，然後把那本書和《詩學》一起擺回書架上。

對著書桌發呆了幾個小時，我想我又躲回了「硬殼」裡面去了。

8.

我想小萱說不定是那時候芊妤說會重新打開我心底那一層硬殼的女孩子。

我和小萱同樣修了「西遊記」、「詩經」和「日語」的課，因為那是上學期暑假開始前就和她一起決定好的。但是剛開學的時候她當面質問過我為什麼開學前那個禮拜電話都打不通呢也幾乎沒有上網收訊，究竟在忙什麼？

她也問我為什麼明明整個暑假都留在花蓮在學校打工，可是為什麼一開學就不見人影，是家裡有什麼事嗎或者生病了？

小萱用警察看犯人的眼睛那樣注視我的眼睛然後是鼻子和嘴巴，可能希望我能夠講出什麼啊，但我沒有，我什麼也沒講。並不是不想讓她知道芊妤的事情，只是我不想講而已。

說起來不論芊妤離開我帶給我多少痛苦。或者說她第一次離開我的時候我也曾在心裡怨恨過她。但芊妤她自己承受了比我更大的苦啊。好像一顆石頭和一個行星比較誰比較重似的——

而且談起這件事只會讓我覺得非常無力，整個人掉進黏著的糨糊沼澤那個樣子，不論怎麼掙扎都找不到施力的地方。然後不知道怎麼搞的，沼澤消失了，我身上濕黏著悲傷、遺憾、無助之類的東西站起來，非常疲倦然後想看清楚這到底怎麼回事，卻怎樣也說不清。然後我拖著腳步繼續往前走。

繼續往前走。

小萱非常生氣我什麼都不說的表現。每次上課都坐在離我很遠的位置。

我也無所謂，反正每個身邊的人只是通過點而已噢。

就像風吹過身邊，刺骨的寒風令人覺得刀子在臉上割過的痛苦。溫和的春風讓人覺得舒服。可是不管怎麼樣的風都不可能要求對方停留著不走，如果停留在身邊那就不叫做「風」了。

說起來會一直留在自己身邊的大概就只有自己的影子啊，但我們不可能去任性要求別人成為自己的影子。或者有的男孩子或女孩子會情願為了愛失去自己成為對方的一部分，身分啦夢想或未來甚至連自己的姓名也不要地成為對方的影子。但不論如何我都沒辦法理解這種愛情。

我寧可彼此是通過對方的風，或者風一樣地通過森林裡的雜木林、松林或者什麼樣的林子，經歷了彼此的美好戀眷了一陣子然後離開。雖然自己是這麼想的，但有時仍然也想期待著什麼……

「因為你害怕受到傷害喲。」我無法不想起芊妤她曾經說過這樣的話。

也許真是害怕受到傷害吧。就和從前的從前一樣，上網或者看書。因為剛創校的關係，圖書館裡的書並不太多，館裡感興趣的翻譯小說已經大約瀏覽過一遍了。然後開始從頭看托爾斯泰和卡夫卡的書。這時候「早安少女組」好像已經消失在我的CD隨身聽裡好一陣子，不知道到底為什麼呢？

那時候好像不太聽歌，連古典音樂也不太聽了。可能受了大偉的影響開始稍微聽一點爵士樂也不一定。大偉呢好像是受了小婷影響吧，他買了一個烤箱，小婷會用那個烤箱烤小蛋糕或手工餅乾什麼的。大偉有時候會叫我過去拿一些。

偶爾我也會在圖書館看到小萱，她和從前一樣非常用功讀書寫筆記，我想她大概會連續四年八個學期都領書卷獎吧。但每次看到我的時候她都只是板著臉不說話。

她不說話我也不說話。

有一次下午四點接近五點的時候，突如其來的暴雨消彌了我和小萱的冷戰。她站在圖書館前面看那淅瀝嘩啦從不知道多高的天空降下來的雨水，雨水在圖書館前面的小廣場形成溪流，透明小蛇般那樣地竄動，才沒幾分鐘，有的地方已經積水到膝蓋了。

我大概比小萱晚個幾分鐘走出圖書館。先看到她的背影就認出她了，她穿著淺藍色條紋的上衣，粉紅色及膝裙和涼鞋。抬頭看著陰鬱的天空。在她附近有幾個同樣沒帶傘的女孩子嘰嘰喳喳地討論這場雨不知道什麼時候會停該怎麼辦之類的話題。

我的書包裡有一把折傘，我把它拿出來走到小萱旁邊。

「妳要回文學院嗎？一起走。」

她抬頭用澄亮的眼睛看了我好一會兒，然後安靜的點頭。我把傘撐開，然後兩個人一起走入雨中。

大約走了十幾步以後，她低著頭說話：

「誒，你最近好嗎……」

「嗯。妳呢？」

她點點頭。

「『西遊記』那門課蠻有趣的，誰也沒想到《西遊記》這本書裡面竟然不止一把芭蕉扇呢。」我試著找話題。

「對啊，太上老君也有一把芭蕉扇。老師叫我們翻開《西遊記》去數。可是我只找到兩把……」

「我也是。」我說。

然後我們談起了有關期末作業的事情，決定要一起寫作業。

我們穿過圖書館大樓，然後沿著大草坪準備回到文學院，然後她問我們一起去吃飯好不好。我點頭說好。

突然間雨就變小了，很細微的聲音一些雜亂心事般地敲擊雨傘上頭，不知道為什麼突然讓我想到布拉姆斯的第一號小提琴奏鳴曲。

被雨洗過的風非常沁涼。把小萱的靠近我這邊的髮絲吹了起來，我注意到她去燙了頭髮，用束髮圈綁起來的鬈髮看起來讓她成熟亮麗了許多。

這時候小萱她好像注意到什麼而停下了腳步，轉頭像可愛的小貓凝視窗邊那樣眺望很遠的天空，靠近海岸山脈那邊被雲霧遮蔽幾乎看不見的稜線的地方出現了巨大的彩虹，在晚霞映紅的天空那彩虹像被誰一片一片地用彩色玻璃鑲貼到天空上去似的，鮮豔而真實地劃出了一道明顯的弧度。我站在她的身邊同樣眺望那道彩虹，彩虹的另一端在校園的另一邊消失。

在湖的另一邊消失，那裡，那裡有一座橫跨河流兩端的橋。芊妤是在那座橋上自殺的……

我看著那彩虹和橋，輕輕握起小萱的手。把她拉靠近自己。

彷彿想確認我們活著這件事，在看得見彩虹和橋的大草坪上，我親吻了小萱。

好像重新恢復那些約會的儀式。上圖書館一起看書和聽音樂，因為我已經三年級了所以心想說不定考個研究所也不錯。所以也稍微用點心思在讀一些研究所考試的必考科目。然後假日的時候同樣到市區去逛街，去看大禹街的衣服，去看電影院有什麼新片，如果有感興趣的電影就買雞排和飲料進去看電影，這時候是一起牽手去看電影。

聊天的時候，小萱知道我偶爾會在房間裡煮東西吃非常訝異，問我都煮些什麼菜啊。我說連大偉都會煮了啊，以前大一的時候就在宿舍裡看過他煮牛肉麵、雜醬麵什麼的。

小萱問我：「那你會些什麼菜？」

「我偶爾會在陽台上炒菜，正對著鯉魚山喲，雖然沒有抽油煙機，也沒有瓦斯爐微波爐之類的東西，可是只要把電磁爐搬到陽台上那裡真的是最棒的廚房了。」我說。

「那有什麼拿手菜呢？」

「都很簡單家常的料理而已，三色蔬菜炒蛋、辣子雞丁、馬鈴薯炒肉絲、香腸炒雪菜之類的……」我說：「我一個人吃，通常就電鍋煮了白飯，然後炒一道菜那樣呼嚕呼嚕地吃了。」

「也煮湯嗎？」

「有時候會煮，味噌湯或紫菜湯什麼的。我喜歡味噌湯。」

「我也很會煮飯喲，爸媽上山農忙的時候，都是我煮飯的。」小萱說。

「妳真是了不起呀，會讀書又會做料理。」

小萱歪著頭看著我說，下次我到瀚瀚房間裡做菜給你吃看看。

不知道她什麼時候開始不叫我學長而叫瀚瀚。大概是那天接吻以後的事了。

幾天後她決定真的要來我房間做菜。那是我第一次讓她來我房間。可能就象徵她敲開了我心底那層硬殼進來了。我想胡塞爾以後那些西方哲學家說不定對生活世界的門啦，窗戶或人際之間的關係有更進一步的詮釋，例如符號什麼的。但芊妤姊死了，我對哲學家心靈世界的探索也就完全中斷了。我不想看任何西洋哲學的書，每次到圖書館走到那個分類的書庫時，我總是非常快速地通過。因為那會讓我想起芊妤她悲傷而透明的臉。

總之那天早上快十一點的時候，我打開了我的房門對小萱說歡迎光臨。小萱點點頭非常乖巧模樣地說打擾了。

我們輪流做菜。她做了兩道菜，一道是青蔥炒豬肝和炒小白菜。我則煎了牛排，然後用大同電鍋煮了白飯。除了米之外，其他食材都是我和小萱在早上的時候到菜市場買的。本來我們決定煮味噌湯，但是因為小萱看到菜市場外有一個坐在小板凳上的賣菜老婆婆，滿頭銀髮亂得像颱風吹過的樹梢，臉髒兮兮的不知道是不是因為皺紋太多而洗不乾淨，講話時可以看到嘴巴裡一顆銀色的假牙和更多缺牙的牙齦。老婆婆穿著藍色碎花的老式布衫和一點都不顯眼的長褲坐在那兒賣自己種的蔬菜，小萱覺得老婆婆很可憐，所以跟她買了一把二十元的小白菜和一大袋竹筍。我們午餐的湯就決定是竹筍湯了。

因為小萱的爸媽在阿里山上種茶偶爾會去山裡挖竹筍，因此她家經常有竹筍湯喝。

「我很會煮竹筍湯哦，竹筍湯要清甜才好喝。」小萱將湯鍋裡加了幾粒生米進去煮，她說這樣煮久一點竹筍才不會有苦味。

小萱煮的竹筍湯真的一點都不苦，而且味道非常清澄乾淨。

吃完了午餐以後，我們兩個分工合作洗碗。我把碗盤拿到水龍頭下沖水，用菜瓜布沾洗碗精洗乾淨，小萱把洗過的碗盤擦拭過然後放好。忙完以後我們就喝咖啡，在陽台上喝咖啡。

我住處外面有一戶農家，農家的院子裡種一棵芒果樹，夏天的時候蟬叫的聲音很吵，但可以聞到芒果的香氣，那棵芒果樹可能有三、四十歲了，我經常在陽台上喝點什麼然後看看那棵芒果樹，也看看很遠的地方的那座鯉魚山。那是離公寓最近的山，雖然說很遠，但我猜大概不到五公里，每次推開落地窗仰望那山的形狀時，都有種感覺好像是誰把整個世界青翠的綠色都送到我面前來。

小萱說好像哪個中國古代詩人曾經寫過類似的詩句，但我們在陽台上一直到把咖啡喝完都想不出來。然後我們把空的咖啡杯放在陽台的護欄上。

她閉起眼睛來，我們好像在山和天空的見證下那樣擁抱接吻，起初她的嘴巴裡殘留有淡淡咖啡的味道，我想她也從我的嘴巴感受到相同的味道吧。好像純淨的天空摻雜了一些不屬於那裡的色彩，然後那種味道消失了。只有我們存留下來。非常純粹地留下來。

山，天空，鳥叫的聲音，樹梢搖動那風的聲音，或者公寓以外的村莊，公寓本身在那個時候都好像不存在了。只有我們存留下來。非常純粹地留下來。

如果兩個人相處越久的話，彼此相處的儀式會越來越多，例如一開始只有喝咖啡、看電影，然後演變成吃飯、逛街、看電影，然後依照戀人們在不同時空情境和個性以及種種可變的因素產生許多複雜的互動模式。例如上圖書館、一起讀托爾斯泰的書、或者共同討厭紫色的鬱金香（我不太清楚為什麼非得討厭紫色的鬱金香不可）。

總之我和小萱花了很多時間相處。像齒輪磨合那樣發現彼此生活的差異然後重新發現能夠契合的方法。我發現即使像小萱這樣溫柔的女孩子，心底也有一層硬殼，那個不管是家人或情人都很難進入的地方。所以我想每一個人都有這樣的硬殼吧。就像我不瞭解小仙，也不知道芊妤她在我沒有觸及的地方隱藏了多少悲哀秘密那樣。每個人都有一層硬殼，一種堅持或隱藏的秘密，無法和別人妥協的意志，那是可能連自己都不知道的固執。只是厚跟薄程度上的差異而已。

目前發現到小萱的硬殼就是她不論如何每天都想要讀書，讀有關上課內容或考試的書。她覺得自己考差了考到花蓮這樣鄉下的學校有些丟臉，雖然也遇到了一些好事，例如一些老師、同學，美好的風景以及我。可是小萱仍然想離開花蓮想到台北更好的學校去。

「我想好好讀書到台北去，我想當大學的老師。好好研究學問，教育學生然後有個安穩的家庭教育小孩。然後我一定要讓小孩學音樂。」她用認真的眼睛對我說：「所以你也得認真讀書才行。」

可是其實我不想當老師，但我確切未來想要做什麼職業。那時候的我並不清楚。

雖然即使是這樣，我們仍然非常緊密地和對方在一起。三年級春假的時候，我們一起到嘉義的阿里山玩。小萱並沒有告訴她爸媽自己回嘉義的事情。我們住在那時候阿里山上一間以小木屋為特色的民宿裡。

看了神木，搭了森林小火車還有現在想起來只記得很多綠色風景的東西。日出倒沒有看到，因為那天早上天氣非常糟糕，甚至飄起了細雨。

我們在沒有日出的早晨第一次做愛。小萱一開始喊著有點痛，於是我維持那個姿勢好一陣子，然後才慢慢晃動。

過了很久她才害羞地說開始舒服了起來。

然後我們睡了三個多小時，醒來以後決定去尋找神櫻村，那個有巨大櫻花樹而且整年開花的地方，我們看著買來的觀光地圖研判到底哪裡可能是神櫻村的地點，然後也確切地走了好久的路，但不論如何我們都沒有找到當年阿直和阿春曾經到達過的地方。

小萱依舊固執地相信一定有這個地方。「只是因為我們相愛還沒有超過十年。一定只有忠貞相愛超過十年的戀人才能看到的地方喔，神櫻村。」小萱這樣講。

而我以為一開始我們早就知道那完全是不可能的，不可能有那樣巨大的櫻花樹而完全沒有人知道。這是不可能的——

之後我們相處的儀式多了「做愛」這個活動。但並不是非常頻繁。

除了小萱每次都說會痛以外，她曾認真地說過：「瀚瀚，不知道為什麼在做愛的時候，我從你的眼睛看不到你對我或對我的身體有那種狂熱的慾望啊。那讓我覺得你離我非常遙遠，你的眼睛好像都在注意著書本或者未來什麼的地方而迷濛著，你的眼睛很漂亮，可是在做愛的時候看著你那樣的眼睛讓我覺得非常悲哀。」小萱用澄澈的眼睛看著我，一個字一個字慢慢地說出來：「和你做愛讓我覺得很悲哀，可是那一切的一切都沒有關係，因為我愛你啊。」

然後她的小手輕輕握住我。

我不知道怎麼回答小萱，只是以相同的力度握著她的手。我想起了死去的芊妤。芊妤喜歡我的眼睛但小萱卻從我的眼睛看見悲哀。我不確定到底什麼才是對的，我並不是沒有對女孩子身體慾望的那種人，只是我確切地知道我什麼都無法真正擁有。我們能夠擁有的只有自己。所以我刻意讓那些慾望都非常淡泊，淡泊地像白晝與夜晚交界時自己的影子那樣。

說不定有時候我覺得如果連影子都消失了說不定更好，因為影子終究還是自己身體以外的東西。我總是被這樣莫名其妙的念頭無可奈何。

多年以後，我想小萱是我消失了的影子。

我們曾經非常親密地相處了好長一段時間，也以為總有一天我們真的會找到阿里山的神櫻村。

某個週日下午，我房間裡的保險套用完了，小萱說她今天安全期，可以稍微讓我射在她身體裡面沒有關係。那一次我們在床上翻滾了幾個小時，當我醒過來的時候，小萱穿好整齊的衣服坐在我的書桌前翻開胡塞爾的《邏輯研究・第一部》，她正在閱讀夾在裡面的那封信。

她注意到我醒了，用顫抖地並且有些陌生的聲音說：

「我注意到這封信的日期，你在跟我交往的時候還和其他女孩子做愛？」

我揉了揉頭，雖然完全清醒了過來，但腦筋仍一片混沌。

「啊？做愛？」

「是那個自殺的女孩子吧？在上學期初還沒開學的時候。」

我點點頭。坐在床上穿好了內衣褲。

「那時候我們已經在交往了啊，你為了那個女孩子把手機關機、然後蹺課了一個禮拜不跟我聯絡？」小萱右手緊握著那一疊信紙，氣得雙手顫抖而且漲紅了小臉。

「小萱……」

我想說那時候我們連牽手都還沒有呢。我不確定我們那時候是不是在交往。但這種話顯然不適合說出口。我已經忘記那時候究竟她說了什麼話而我又說了什麼。總之，她離開了我的房間。

我們又變成不講話的那種狀態，一起上課的時候，她會坐到離我非常遠的位置。不接我電話也不想跟我講任何一句話。大偉和其他同學也發現了我和小萱從親密變得疏離的現象。但除了大偉來跟我講了幾句關心的話以外，大家只是默默觀察著。

然後那時候也要準備期末考了。我有很多期末報告和作業，忙得一團慌亂，打算暑假的時候好好跟小萱談。

我想說我以為那時候我和小萱並沒有交往，只是很好的朋友而已。我也想找機會告訴她有關芊妤的事，可是芊妤就那樣死了。

芊妤就那樣死了啊。於是我把對芊妤的愛和記憶都埋藏起來。那樣繼續生活下去，那樣重新和小萱妳和好卻什麼也沒說。

當然我知道感情這種東西並不是說因為誰死了或者什麼情境改變就咚一聲地什麼都不見了。有時候重新閱讀芊妤的信的時候，我會覺得胡塞爾他講得真對，個體會消失，但觀念什麼的會永恆留下來。

感情也是，會留下來，只是產生了一些變化。

我並不是不喜歡小萱，我也不是說對芊妤的愛勝過對小萱的愛。這怎麼說呢。好像比較塞尚和梵谷的畫作那樣，如果是一個畫評家或許可以說出什麼詳細而理論性的東西，價值也可以判斷，可是一旦「美」這種東西扯上了個人情感的主觀因素，那就更難以詳加說明了。

暑假快要過了一半的時候，我打電話給小萱。

這次她接了手機，但只用寒冷得像剛從冰箱走出來的聲音那樣跟我說了短短幾句話：「學長，我考了轉學考而且我相信我會通過，不要再跟我聯絡了。」

我想問她要轉學到哪裡，但她已經掛上電話，手機只傳來嘟、嘟、嘟無任何質感的響聲。

以小萱的努力用功讀書的方式以及每年都拿書卷獎的成績，她是不可能沒辦法通過轉學考的。我升上大學四年級的時候，我已經在校園裡面失去小萱的身影。

我的確想要和小萱一起去尋找神櫻村的櫻花樹。雖然我從來不認為那棵樹存在，但我曾認真想過和她戀愛超過十年然後再去一趟。但現在小萱她已經是我失去的影子了。或者說，我從來不曾擁有過誰。

大學四年級的時候，我又開始那樣一個人讀書，一個人上課然後到學生餐廳用餐的生活，比從前更寂寞的是，我已經不在宿舍，沒有像大偉啦或者其他樓友可以說話。但就像小萱從來不是屬於我的東西，大偉他們也不是我的。我們只是彼此的「通過點」。

雖然那時候也偶爾跟幾個女孩子一起吃飯看電影什麼的。但我們好像都在彼此眼睛中看到了淡漠。我是在大學畢業好幾年後，才把那種打從內心對世界疏離的感覺所形成的硬殼轉化成稍微柔和的一種東西。

總之，那時候我是把自己關在小小的世界，看書、聽音樂和吃飯。只把身體遺留在世界外面那樣地活著。

大家覺得是「把妹高手」的大偉和他的女朋友小婷交往的時間倒跌破了大家的眼鏡，一直持續到大四下學期的時候，他們仍然是非常幸福的戀人。他們兩人偶爾也想撮合我跟誰變成男女朋友，曾經刻意安排我們三個還有另一個女同學一起吃飯。但那個時候不論如何我都不想把自己身上的那層硬殼打開，想要那樣固執地活下去——

大四快要畢業的下學期。小婷有一次在校園裡面遇到我，也跟我談起了我到底在逃避些什麼呢？「你長得還不錯，和女孩子戀愛有什麼不好呢？」她說。

「沒什麼不好，只是單純想要更自由地活下去而已。」

「這樣會錯過很多很好的女孩子喲。」小婷說。

「那也沒關係。」我沒說出口的是我已經錯過了她們，在錯過的當下我也不知道有什麼辦法挽回。人生就像走過無法重來的迷宮，一旦走錯了岔路，就只能夠進死胡同裡了。當然我也知道人生並不是那麼悲涼，只是芊妤姊都死了，小萱也離開我了。現在的我沒有權利獲得幸福。

小婷安靜地注視我的眼睛，我也同樣注視著她。她好像想要瞭解我真正在想什麼似的，但是她嘆了氣。然後好像突然想起了什麼似地對我說：

「對了，你知道你前女友紀雨萱結婚了嗎？」

「結婚？」我們都還是大學生啊。我愣了一下。

「你們都沒聯絡了？」小婷眨著眼睛看我。

我默然搖頭。

「聽學妹們說和一個從國中就一直很喜歡她的男生結婚的。那男生本來就考上了台北的學校，紀雨萱轉學到台北去受到那男生很多照顧，後來感情就加溫了吧，應該加上不小心懷孕什麼的，所以就結婚了……」

我聽了之後沒有任何表情。小婷歪著頭看我，好像疑惑為什麼我沒有什麼反應啊，難過釋然之類的任何表情都沒有，就好像在討論剛剛吹過的風或者天空的顏色那樣。她找不到我對這件事有任何看法。

然後她覺得有些無趣，又說了幾句話然後揮揮手說她有事得先走了，那樣子就離開了。

我看著小婷離開的背影。

在校園裡面，夏天的時候，天空藍得發燙，雲都靜止不動彷彿堅定地要在那些地方停留一百年之久似的，校地太大了而學生非常少，感覺五月的芒草宣示要佔領荒蕪草原而恣意生長。

我在路邊草坪可能用來做景觀造型的大石頭上坐了下來，附近的草叢有不自然的晃動，可能是風，野兔，田鼠或環頸雉什麼的。

風吹過我的頭髮，是安靜而涼爽的風，然後四周安靜了下來。好像有什麼東西停止了似的。不遠的地方有一座橋墩砌著大石的水泥拱橋，三年以前我在那裡遇到牽著單車的芊妤姊。我幫她修理腳踏車的車鍊，她請我喝咖啡。

然後又想起小萱，很多風景都開始那麼不明確起來，而被扭曲模糊的記憶以一種新的姿態重新被演繹，就像維也納愛樂管弦樂團或柏林愛樂管弦樂團重新詮釋貝多芬的第五號交響曲那樣。我記起了什麼又遺忘什麼了嗎？我想。

我和小萱最初是怎麼認識的，她在圖書館向我索取了手上那本圖書館的《史記》，然後我們小小而私密的歷史就開始了。在學生餐廳用餐，或者到校外的簡餐店還是花蓮市區那樣地閒逛。她皺著眉頭說走太多路累了，然後搥了搥自己的膝蓋。

我眺望遠方的山脈，有一隻蜻蜓從一根芒草上像直昇機那樣起飛，掠過了以差不多弧度彎曲的草莖，飛到更遠的地方去，最終我是看不到牠了，只看到藍色的天空。因為夏天的緣故，天空很亮，是那種帶有白色的海藍。是的，讓我聯想到海。然後腦袋裡稍微想像了一下當年小仙提著一大袋書回到她家的畫面。那些我看不到的畫面，小仙她在做什麼呢？或許她還是喜歡戲劇，會跟誰聊起古希臘的三大悲劇家，跟其他的男孩子聊。

芊妤姊是死掉了啊，保持著她永遠安靜帶著一絲悲傷的好看面貌。但她如果還知道什麼的話會怎麼樣看待現在的我。我也很想跟她好好地說話，說對不起，說抱歉我什麼都不知道沒有能力保護那時候的妳。然後芊妤姊也許會溫柔微笑，很溫柔的那種微笑，她會摸摸我的頭髮然後安靜看我，但我想像不出她會用什麼樣眼神看我，是稍微帶著悲傷呢還是像遙遠的宇宙那樣安靜的眼睛。

我可能也想像不出來小萱現在在台北的哪裡，可能還是在某個大學的圖書館吧。因為她是個用功的孩子，將來一定會在大學教書而且是一個了不起的學者吧。可是，她為什麼要那樣毅然決然地離開我呢？那麼快地跟其他男孩子戀愛然後結婚，也許是我真的傷害了她。

我得承認在和小萱親密交往的時候我經常想起死掉的芊妤，並不是拿她們來比較，只是覺得遺憾什麼，而確定這個世界除了我自己沒有什麼完全屬於我。我總這樣認為，於是覺得小萱可能也像芊妤姊那樣哪一天用什麼方式離開我。

直到小萱真的離開了以後，我才知道我就像愛著芊妤姊那樣深愛著小萱，或者愛小萱更深一點也說不一定。

但這一切的一切都非常混亂而且我覺得真的錯過了什麼。

那種無法挽回的錯過。

我不禁想著，生命中錯過的人就好像死掉的那個樣子，是永遠無法挽回的呀。

坐在校園裡這草地上的大石頭上，我突然回憶起了哪一年曾經和小萱在這邊看書。她讀文學史的考試用書，我讀著《罪與罰》或者《白癡》之類杜斯妥也夫斯基的小說。那時候天氣晴朗得讓小熊或者小兔子都想在草地上打滾，所有綠色的葉子或草莖都好像在發光。

不知道那時我說了什麼，可能跟神櫻村那櫻花樹有關的東西。

然後小萱抬起頭來看我然後咯咯地笑了，有一陣風吹過把她的長髮吹得飄揚起來。

那讓我想到滿天繽紛櫻花飛舞起來的景象，彷彿正向什麼告別似的——

後記

文字因為承載記憶的重量而變得具有重量，大抵上確實如此。而記憶只可能受到時間的影響變得模糊而微不足道，或者愈加珍貴。我有一個登山背包，在學生時代曾背著這背包爬山、健行或上圖書館，孤單走了非常遙遠的路。

例如說，在大太陽底下，從花蓮的壽豐鄉走到宜蘭之類的。或者在稀薄的高山空氣裡，讓登山靴摩擦過雪融之後的苔原……雖然和登山社的前輩一起登山，但登山的時候因為步伐快慢不同而拉長了登山隊伍，最後都只剩下自己走在某處孤獨的美好風景，可能有點可怕，或者說因為山裡的寂寞變得可怕。

在人生當中，很多時刻都應該是寂寞的，很難不令人思考，究竟與他人相處是否「這個他人」只是自己人生的「通過點」而已——

如果太過在意對方是容易受到傷害的。

可能因為如此，有時就像個性扭曲的小孩，會想把自己隔絕在世界或者他人之外，建構起了一層又一層防禦受傷的硬殼。

但藉由書寫《櫻花的夏天》這故事，讓我回顧過去那些快樂、痛苦或悲傷的記憶，以及在記憶裡絕對珍惜的人事，必須承認：

很多事，都值得感謝的。

2014／6／27 PM 3：46 台中・清水

世華文學

櫻花的夏天

作者◆楊寒
發行人◆王春申
副總編輯◆沈昭明
主編◆葉幗英
責任編輯◆王窈姿
封面設計◆吳郁婷
校對◆趙蓓芬

出版發行：臺灣商務印書館股份有限公司
10046台北市中正區重慶南路一段三十七號
電話：(02)2371-3712 傳真：(02)2371-0274
讀者服務專線：0800056196
郵撥：0000165-1
E-mail：ecptw@cptw.com.tw
網路書店網址：www.cptw.com.tw
網路書店臉書：facebook.com.tw/ecptwdoing
臉書：facebook.com.tw/ecptw
部落格：blog.yam.com/ecptw

局版北市業字第993號
初版一刷：2014年8月
定價：新台幣300元

ISBN 978-957-05-2949-4

櫻花的夏天 ／ 楊寒著・--初版・-- 臺北市：
臺灣商務, 2014. 08
面 ； 公分.

ISBN 978-957-05-2949-4(平裝)

857.7 103012203